論創海外ミステリ26

THE DEVIL IN THE BUSH

Matthew Head

藪に棲む悪魔

マシュー・ヘッド
中島なすか 訳

論創社

読書の栞（しおり）

アフリカ大陸はかつて暗黒大陸と呼ばれ、怪奇小説や冒険小説、SF小説といった、大衆文学や、その映画化作品において、その伝奇的世界がしばしば描かれてきた。古くはジュール・ヴェルヌ『気球に乗って五週間』（一八六三）、H・ライダー・ハガード『ソロモン王の洞窟』（一八八五）があり、一九〇〇年代に入って、A・E・W・メイスン『四枚の羽根（サハラに舞う羽根）』（〇二）、コナン・ドイル『失われた世界（ロスト・ワールド）』（一二）、エドガー・ライス・バローズ『類人猿ターザン』（同）、C・S・フォレスター『アフリカの女王』（三五）など、枚挙に暇がない。

これがミステリの分野になると、極端に作例が減る。アガサ・クリスティの『ナイルに死す』（三七）など、単発的に書かれたトラベル・ミステリもないわけではないが、さすがにシリーズものは少ない。これまで日本に紹介されたものとしては、南アフリカ出身のジェイムズ・マクルーアによって書かれた、英国推理作家協会賞ゴールド・ダガー賞受賞作

『スティーム・ピッグ』（七一）に始まる、クレイマー警部補&ゾンディ刑事シリーズくらいだった。その意味では、ここに初めて邦訳された『藪に棲む悪魔』（四五）に始まるマシュー・ヘッドのメアリー・フィニー博士もの全四冊は、アフリカを舞台にしたミステリの先駆的シリーズであり、マクルーア登場以前の数少ない作例として貴重である。

Twentieth Century Crime and Mystery Writers 第一版（八〇）でヘッドの項目を執筆しているドロシー・B・ヒューズは、アフリカを舞台とする小説の中ではおそらく初めて近代的な視点が導入されたものだと位置づけている。だが本書は、そうした歴史的価値ばかりに目が向けられるべき骨董的作品ではない。ベルギー領コンゴに形成されている白人社会を舞台とする本書は、一種のクローズド・サークルもののような趣きを持っている。本国に帰れないがゆえの閉塞感からくる特異な性格や行動のほか、白人社会を取り囲む自然描写などが読みどころなのはいうまでもない。ミステリとしても、コンゴでしかありえないような殺人方法と手がかりを提示して、印象的である。大掛かりなトリックや設定こそないものの、フィニーの推理は論理的で説得力があり、犯人を示唆する伏線は単純明快ながら効果的で、読者は第五章の最後で作者と知恵比べを競うことも可能である。本格ミステリ・ファンにお奨めの異色作といえよう。

装幀／画　栗原裕孝

目次

主要登場人物

フーパー・トリヴァー……………アメリカから派遣された植物学者
メアリー・フィニー………………アメリカ出身の医療宣教師
エミリー・コリンズ………………アメリカ出身の宣教師
セザール・ブートグルド…………プランテーションで働くベルギー人
アンジェリク・ブートグルド……セザールの妻
ガブリエル・ブートグルド………セザールの娘
アンリ・ドビュック………………プランテーションの実験所で働くベルギー人
ジェローム・ドランドレノー……プランテーションの所有者
ジャクリーヌ・ドランドレノー…ジェロームの妻
アンドレ・ドランドレノー………ジェロームの兄
アルベール…………………………アンリのハウスボーイ
ジュスティニーン…………………白人の神父

藪に棲む悪魔

はじめに、そして謝辞

『藪に棲む悪魔』の読者には、攻撃は最大の防御なりと伝えておこう。ベルギー領コンゴを知っている読者なら、ストーリーに不正確な点があることに気づくだろう。つまり、もちろん自覚している範囲ではということであるが、その不正確さは意図的なものであり、そしてささいなことである。たとえば、本書では原住民の話すリンガラ語は現地の言葉全般の象徴のようなものだから、リンガラ語の意味を考えても無意味である。筆者が思いついたリンガラ語が出てくるシーンでは、何も理解できないまま聞いたことがある原住民語をまねているにすぎない。空想上のムブクの反乱は現実にあったクワンゴの反乱をもとにしているものの、その再現を意図したものではない。

ストーリー中の登場人物や出来事は、どんな物語とも同じように架空のものであり、例外はアルベールというハウスボーイだけである。彼はンコディィオ・アルベール氏とムファンザ・アンドレ氏を合わせたような存在で、八カ月に渡る筆者のコンゴ滞在中ずっと楽しませ、世話をしてくれた。彼らについて書いても、気を悪くしないと思う。

この作品には強い愛着があり、感謝の言葉を記したい。本書は、ジミーとジュリア、トムとアル、ラコステ一家、ギー・ド・ブラバンデル一家、フレデリック・ヘンドリクス一家そしてイネ・ムゥングの人々のものである。

キャサリンに

M・H

太平洋上、南西部にて

一九四五年二月五日

一　絞首刑執行人《ハングマン》

I

一九四三年、私はすばらしい仕事を与えられた。言うまでもなく戦争中であり、戦争がらみの仕事だったが、本書は戦争の話ではない。コンゴ‐ルジ農場で起きた殺人事件の話である。私は二十八歳、大学勤務の人間がするような旅行はし尽くしてしまったが、海外で働いたことは一度もなかった。赤道直下となればなおさらだ。コンゴ‐ルジ農場の視察は、私の任務のごく一部にすぎなかったものの、そこに行ったばかりに私の身の上に起きたことは、コンゴ滞在中もっとも大きな意味を持つ出来事だった。奇想天外なお話に仕立てることはできないが、ありのままを記すことはできる。

ことの発端は七月一日、バフワリへ向かうバスの中のことだったと思う。なぜならそのとき、バフワリに着いたら、ほかの乗客のように午後いっぱい休息したりせずに、街中《まちなか》に出てみようと決めていたからだ。原住民の運転手も含め、車内には九人いた。私は折りたたみ式補助席に座っていたので、足を伸ばすことはできなかったけれど、窓からジャングルが見えたからかまわなかった――ほかの人間はジャングルではなく藪《やぶ》と呼んでいたが、ジャングルに変わりはない。コンゴのそのあたりでは、原住民はいまだに羽で作った衣装をまとい、槍を持っていた。中には白く塗りたくっている者もあり、全員が体じゅうに細革模様の刺青を入れていた。道端を見ると、年老いた女たちが、薪の束を背負って腰を折り、かみそりの革《かわ》砥《と》のように垂れ下がった乳房を揺らしながら、急ぎ足で歩いていく。車の音を聞きつけると、われさきに溝の中に入り込み、緑色の密集した藪の端に体を押しつけて車が通りすぎるのを待つ。若い女もいた。かたい円錐形の乳房には卵ほどもある紫色の乳首がつき、輝く長い脚のてっぺんからは尻が鋭く突き出ている。突然、車は緑色の藪から灼熱の乾いたサバンナに出た。そこにはもう原住民はいないが、ときおり高く茂った草のあいだをレイヨウの群れが跳んでゆくのが見える。そして一度だけ、はるかかなたに群れと言うべきか集団と言うべきか、ともかく何頭ものヒヒが見えた。

車内の人間は一様に暑さと疲労で汗だくになり、たがいが耐えがたくなっていた。この三日間、スタンレーヴィルから走り通しだった。政府から与えられた優先権を使って飛行機に乗れば、もっと早く着けたのだが、コンゴの風土をよく見たかったのでスタンレーヴィルからは陸路を選んだのだ。そんなことに関心があるのは、車内で私一人だった。ほかの乗客は一人残らず筋金入りのコンゴ人で、自分たちがアフリカにいることを忘れたがっていた。運転手の横には、ベルギー人の若い母親が六歳と八歳くらいの女の子を連れて座っている。二人の女の子はリンガラ語でしゃべっているが、母親がそれに気づくとぞんざいに習慣とおぼしき平手打ちをくらわし、二人はフランス語に切り替える。だが子どもはすぐにリンガラに戻り、気づいた母親にひっぱたかれる。バフワリに着いたときには、やれやれと思ったものだ。

休憩所で出た食事は、スタンレー（十九〜二十世紀の英国のアフリカ探検家）もリヴィングストン（十九世紀のスコットランド生まれの宣教師、アフリカ探検家）もお目にかかったことがなさそうなひどいしろものだったし、ベッドはかたくマットレスの藁はかび臭かった。蚊帳には大きな穴が開き、私はその夜は生きながら食われるのだと覚悟した。寝そべって煙草を一本だけ吸い、それから起き上がって街中《まちなか》を見物に出かけた。

バフワリは愉快な町だと聞いていたが、それは比較の問題であって、日に二十四時間ひどい苦痛を味わわずとも生きていけるかもしれない、という意味でしかないようだった。眺めはまあけっこうだった。低い丘があちこちに広がり、一定水準の生活を送っているのだろうと思わせる家々がところどころに見える。だが町は不規則な形状で広がり、ときどき見えてくる人家にも原住民のやっている店にも飽きてしまった。そういう店は安っぽい木綿のプリント生地と塩漬けの干し魚の臭《にお》いがして、それまで見てきた何百という店とくらべてなんの変わりばえもしなかった。英国航空直営店《エアウェイズ・ハウス》が開いているのを見つけると、涼と疲労回復を求めて店内に入った。

毎月一日と十五日にはコンゴの東西国境を往復する便が飛ぶのだが、その際給油のためにバフワリに着陸し、乗客たちは一泊することになっている。その日入った小さなエアウェイズ・ハウスにはベッドルームが二、三と小さなラウンジとバーがあった。店内には三人いた――日焼けした男が隅に一人ウィスキーとグラスを前にしており、快活そうな女が一人濡れ布巾でカウンターをふいており、そして現地の少年が立ったまま居眠りする合間にぴしゃっとハエを叩き潰していた。

カウンターの中にいる女性のことは、たちまち気に入った。冷たいビールを出してくれそうに見えたし、じっさいに出してくれたからだ。コンゴ・ビールは悪くなかったし、その店には灯油式冷蔵庫と灯油があるだけでなく、その二つを機能させるための芯もあった。戦争で万事不足気味のおり、いちどきに三つ全部をそろえるのは至難の業だったはずだ。ビールは氷のようによく冷えており、二本も飲むと、なんだか涼しくなってきたような錯覚を覚えた。

バーの女性は私をイギリス人と勘違いしたが、放っておいた。ことあるごとに自分はアメリカ人であると訂正し、なぜコンゴにいるのか説明するのが億劫になっていたのだ。コンゴには、イギリス人はたくさんいてもアメリカ人はめずらしく、いちいちめずらしがられるのにはうんざりするものだ。

女性がバフワリの感想を求めてきたので、私は魅力的なところだと答えた。

女性は笑って言った。「ご冗談でしょ、でもそう言ってくださるなんてお優しいですね。ビールをもう一杯いかが？」

私が三本目を注文すると、彼女はいたく喜んだ。私は訊いた。「このあたりに原住民の村はありませんか？　ビロコ――骨董品を見たいんですが」

「そこまで三キロもあるし、タクシーはありませんよ」彼女は言った。「どのみちお客さんの気に入りそうなものはありませんけどね。象牙のナイフがちょっとあるくらいでしょ。ひどくアンデジェン、ひどく原住民風で」

私は、それこそ求めているものだと答えた。そして、原住民がヨーロッパのスタイルをうまくまねるほど作品の質は落ちるし、彼ら本来の作品は世間の人々が思うような粗野で醜悪なものではなく、表現力に富んでいるのだ、というようなことを力説したが、彼女には通じなかったようだ。彼女のバーとラウンジはヨーロッパの影響を受けた黒檀の象の彫刻、きれいな少年の横顔ときれいな少女の横顔が向き合っているセルロイドの飾り板、ステートフェアー（アメリカの各州最大の祭り）のボーリングの景品のような石膏細工のぶちのブルドッグ、それから三枚の写真で飾られていた。レオポルド三世（二十世紀初頭のベルギー国王）とアストリッド王妃の大きなセピア色の写真、ローマ法王の小さな灰色の写真、そしてアメリカ戦時情報局から贈られたフランクリン・D・ルーズベルト大統領の大きなカラー写真だ。私はそれらのうち石膏のブルドッグにとくに注目し、原住民の芸術に関する議論はあきらめた。それでも、象牙のナイフが何を彫り出すのか見たい気持ちは捨て切れなかった。道路からはずれた村の中まで入り込まなければ、本当にいいものはなかなか見つけることができない。だがときおり、バフワリのようなところに掘り出し物が現れるのだ。百聞は一見にしかず。私は彼女から、村までの歩き方を聞き出した。

教えてはくれたものの、彼女は賛成しなかった。

「クプ・ド・バブーになりますよ」と気に病む——頭がぼうっとなる日射病のことだ。

「心配いりませんよ」私は言ったが、彼女は気に入らなかった。私が店を出るときも、頭を振りながら心配していた。

Ⅱ

村にたどりつくことはできなかった。

曲がるはずのところで郵便局までできた。そこから一キロ半ほどのところに暑さでゆらめいて見える村があり、途中一本の木も生えていない。視界に入る人間といえば、青いダンガリー・シャツを着て赤いトルコ帽をかぶり、腕組みしてこちらをにらんでいる地元の警官が一人いるきりだ。私はあまりの暑さにおじけづき、英国航空直営店《エアウェイズ・ハウス》のほうを振り返ると、もうもうとほこりを立てて何かが近づいてくるのが見えた。ほこりの中心には黒いものがあり、すぐにそれは自転車とその乗り手だということが知れた。

乗り手は、バーの片隅で酒瓶を前に座っていた、あの日焼けした男だった。男は私のところまでくると急ブレーキをかけ、自転車を支えて立った。男は汗と、ほこりとウィスキーの臭《にお》いがした。シャツはウエストまでボタンを開け、白髪混じりのごわごわした胸毛が生えた肌を見せていた。顔は長く、鼻梁《びりょう》が細く、高い鉤鼻《かぎばな》はちょっと横に曲がっている。眉山が不自然に上がっている。年のころは四十か四十五あたりか。造作をちょっと変えて酒を控えれば、ハンサムだったかもしれないが、あいにくたいした男には見えなかった。

私のフランス語はまあまあだったので、たいていは問題がなかったが、彼が猛烈なスピードで話し始めると、まったくついていけなかった。だが片手を差し出し、話をやめて笑顔で待っているところからすると、自己紹介をした模様だった。ずっと笑っている。歯はきたなかったが、大きくてがんじょうそうだった。

私は男の手を取り、自己紹介した。「フーパー・トリヴァーです。よろしく《アンシャンテ》」

男もアンシャンテと言い、大声で警官を呼んだ。警官は飛んできて、自転車乗りがリンガラ語で叱りつけるあいだぎこちなく立っていた。自転車乗りは、現地人と見ればずたずたに引き裂いてやるといわんばかりの態度を取る人間の一人だった。そういうやり方は効果があるらしかったが、私はどうしてもそんなまねはできなかった。ともあれ、この警官はきびきびと自転車乗りに敬礼してから私にも敬礼し、回れ右をして道から村までゆっくりと規則正しい歩調で進み出した。

自転車乗りは言った。「これで準備万端ととのいましたよ。クプ・ド・バブーの心配もありません」

男はかなり酔っているようだったが、それくらい平気だということがわかった。しゃべり続けているのを聞くうち、私も前より何を言っているのか理解できるようになった。バーの女性に頼まれて私のあとを追ってきた、警官が象牙のナイフを集めて持ってくるまで男の家で待っていればいい、ということらしかった。

男は私のきた道を戻り、エアウェイズ・ハウスを通りすぎるあいだも、自転車をこいでだらだらしゃべり続けた。そう、原住民の芸術に対するあなたの見方には賛成ですよ。だが、もういいものは見ることができない。宣教師ども（ろくでなしめ！）が、目についた祭礼用のいい品物をかたっぱしから燃やしてしまい、原住民の才能に悪い影響を与えたから、云々。本来の原住民の芸術品に理解のある人に出会えて嬉しい、云々。自宅にコレクションがあるから、象牙のナイフがくるまで観賞していればいい。

十分ほど歩いてから轍だらけの小道に入り、小さな家に着いた。石造りで古く、二つしかない部屋は細長かった。かつては庭があったようだが、今は雑草が腰の高さまで伸びており、二、三本突き出た木の枝は、ここらでよく見る赤と黄色の花をつけている。轍《わだち》だらけの小道から玄関まで短い小ぎれいな敷石道が造られていたが、そのあたりもやはり雑草が生い茂っている。

「我が家です」玄関前のステップにくると、男が言った。酔っ払いらしく派手なジェスチャーをする。「どうぞ！」と言ってドアを開けた。

入るとそこは小さな廊下で両側に部屋があった。どちらも床は石造りで汚れており、紙くず、吸殻、おがくず、そして一端をのこぎりで切り落とした短い板が転がっている。家具はなく、釘を打ちつけた木箱が雑然と積み上げられている。私たちが入った部屋には通気口がなく使われていない暖炉があり、炉棚の飾りは壁に貼りつけられている。コンゴ人がやみくもに持ち込みたがるヨーロッパの生活の流儀の名残だ。炉上には、ウィスキーの瓶と汚れたグラス、ハンマー、釘が一つかみ分置いてある。ほかにあるものといえば、このような場所にいかにもありそうながらくたばかりだ。黄ばんで丸まった古雑誌、破れたランプシェードなどが隅っこにごちゃごちゃとしている。

我が友は部屋を横切り、きたないグラスに半分ほどウィスキーを注ぐと、私に寄こした。本人は瓶から飲むつもりだった。二人で二つ積み上げた箱に腰を下ろした。私はすでに居心地の悪さを覚え始めていた。象牙のナイフの到着まであと一時間半は待たねばならず、招待主がこれ以上酔っ払ったら退屈な話を聞かされそうだった。

彼は瓶から長いことごくごくやっていたが、頭を後ろに倒すと、喉に傷跡があるのが見えた。六、七センチの長さで、古いけれど大きくて目立つ。ごわごわした顎鬚《あごひげ》のあいだに、つるっとして白い跡があるのだ。

彼は瓶を置いた。「それじゃ」と言う。「展示会といきますか」ハンマーを手に取り、箱の一つに向かう。

一分もすると、彼はふたを剝がした。新聞紙に包まれた長く平たいものが見えた。彼は包みを持ち上げて開き、新聞紙を床に落とす。両手のひらに中身を載せて私のところにきた。幅六、七センチの剣のような形のナイフで、やや湾曲し、鈍い刃には打ち出し細工で幾何学模様がほどこしてある。刃先は三匹の蛇のように分かれてくねり、先がとがっている。猥雑でかつ美しい。

「ほんとのアンデジェンですよ」彼は言った。「ほんとに現地のもので、本物で、古いんです」

彼はナイフを私の膝に載せ、ほかの剣も持ち出した。博物館での展示に値するものもあり、そのうち何本かは柄が革張りで、象牙のナイフも二、三あった。

「首切り用の剣です」彼は言った。

そしてまた一箱開ける。その箱もまた剣でいっぱいだったが、先ほどのものよりも小さい。彼は私に、イグアナの革の鞘に入った剣を一本手渡した。引き抜いてみると、長さ二十センチほどある。だが驚くべきは刃ではなく、柄の部分だった。こぶしにちょうどおさまる大きさで、象牙はたいそう古いらしく濃厚な蜂蜜のように深い金茶色に変色している。たいていの人が醜いと思うだろうが、誰でも意見が一致するのはそれが思春期の少年をかたどったものだということだろう。すべての特徴がある――体全体のわりに大きな頭、ぶかっこうな手足、骨ばった関節、まだ平たく細い肩と胸。原住民の子どもが皆そうであるように、腹は風船のように突き出ている。そしてへそには、原住民の子どもの半数に見られる臍帯《さいたい》ヘルニアがついている。まだ包皮をぶらさげている未発達の外性器は、通過儀礼を経て正式に成年男子と認められるまでは、切除されない。

「ひっくり返してごらんなさいよ」男は言った。

少年の後姿ではなく、成人の男の姿があった。胸は広く、膝はすでにでこぼこしておらず、腹はひきしまり、腕も脚も筋骨隆々としている。体全体に部族特有の刺青である小さな裂け目の模様が入り、性器はまるで雄牛のようにグロテスクに肥大し、明らかに割礼の跡がある。この両面の姿から、部族の通過儀礼のあらゆる暗黒面と恐怖と誇りが伝わってくる。苦痛と祝祭の一日を経て、少年は一人前の男になるのだ。このナイフはゆうに百年の歴史があるにちがいない。ナイフをふるったまじない師と、苦痛に耐えた何百という黒人の少年を髣髴させる。

「気に入りましたか?」男は訊いてきた。

どれほど気に入ったか、私は伝えた。

「なら、お持ちください」男は言った。

こちらが思う以上に酔っているようだった。第一にこのナイフにはかなりの価値があり、第二に大事なコレクションをそんなふうに人にあげたりしないものだからだ。受け取れないと言わなければと思ったものの、もう一度すすめられたらもらうつもりだった。

「持ってってください、持ってってくださいよ」彼は手を振って言った。「あなたはこういうものの値打ちがわかる人だ。イギリスに持ち帰って、愚劣なイギリスの肖像画が太刀打ちできるか見てみるといいですよ。どうぞ、遠慮しないでください」彼の言葉は真実だった。そのナイフの前では、〈青衣の少年〉（十八世紀、ゲインズボローの肖像画）などまるで精彩を欠くだろう。

私はナイフを鞘におさめ、ベルトにはさんだ。これが自分のものだと思うとわくわくして、ずっと剣を押さえていた。

彼は三つ目の箱のふたを引き剝がした。中はがらくたばかりだった。彼は手を突っ込んで引っかきまわしていたが、望みのものを探り当てたらしく乱暴に引っ張り出した。上のほうに入っていたものが床に落ちて音を立てる。彼がつかんでいるのは、どう見ても重い縄だ。彼は誇らしげに私に向かって突き出し、それから巻いてあるのをほどくと、先が絞首索結び（わきの部分を七～八回巻いてある）になっているのがわかった。

「わたしはこれで男を縛り首にしました」と言う。

私は、話し手についてとても信じられないような話を聞かされたとき特有の当惑を覚えた。彼は、結び目がどれほど簡単に動くかやってみせ、私もちょっと押してみることになった。

「とてもじょうずに結んでありますね」私は言った。

彼はぎらぎらした目つきで縄を見て、「ただの原住民でした」と言った。「でも、わたしが男を縛り首にしたことに変わりはない。誰もそんなことしませんからね。原住民のあいだでは、殺人はめったにありません。ひじょうにまれなんです。起こるとしても大きな町で、このような小さな町ではまずありません。殺されたのは白人の男でした――ムブクの副行政官です。たいした男じゃないし、政治家としてもたいしたことはなかった。ムブクのようなみすぼらしい町じゃあ、活躍のしようもない。でもなんといっても彼は白人でした。ムブクの反乱のことはご存知でしょう」

私は知らなかったが、まるですべて知っているという答えを聞いたかのように、彼は話を続けた。

「連中が当局に逮捕されそうになったとき、ほかの二人の原住民は殺されました」彼は言った。「だが最後の一人が連行された。当然ここの行政官は死刑を宣告しましたよ。バフワリで最初の死罪で――あとにも先にもそれきりです。でも、誰もみずから刑を執行したがらなかった。白人がやらなくちゃいけないのに、皆いやがった。だからわたしがやりました」

今度は私も信じる気になった。彼はそれが入っていた箱まで縄を投げ渡した。と、ふいに興味をなくし、また疲れたような様子になった。せいぜいがやつれた顔でしかなかったけれど、またしてもかつてはハンサムだったのではないかと思われた。ウィスキーの瓶を傾けたので、ふたたび傷跡が目に入った。

何度か息をしてから、彼は言った。「お偉方はわたしにやらせるため、一フラン払いました。合法的な刑にするためには、金を払う必要があったのです。執行人の手数料が一フラン。それで懐中時計を買ったが、どこかでなくしてしまいました」

彼は私のグラスにウィスキーをつぎ足したが、私はまったく手をつけていなかった。

「イギリス人なのにウィスキー好きじゃないんですね」と彼は言った。

「ぼくはイギリス人じゃありません」私は言った。「アメリカ人です」

「アメリカ人ですって！　コンゴで何してるんです？」

隠すことは何もなかったので、私は説明した。男の目つきだけ見ていたら、私が変身を始めたと思う人もいただろう。最初は男の視線に狼狽と疑念が見え、それから狂気じみてきたが、だんだんおびえたような表情になってきた。私はたいした話をしたわけではないのだが、彼にとっては重大な意味があったようで、私は一緒にいたい人物ではなくなったのだ。

Ⅲ

本書が戦争の話でないことはすでに申し上げたが、それはここでも変わらない。だがコンゴは多くの軍需品を生産しており、さらなる可能性があり、それが私のコンゴ滞在の理由だった。軍需品の生産者との連絡係となり、生産量の増加と買い占めのために何をすればいいか調べるため、アメリカ政府は六名をコンゴに派遣した。しごく単純な仕事だった。コンゴ政府はこちらの希望を逐一支援してくれた。ほかの五名はゴムだのダイヤモンドだのというロマンチックな響きの品に関わっていたが、植物学者である私の任務は、さまざまなプランテーションに行って、生産の具合を視察することだった。二―Aという等級を与えられ、任務のために大学に休暇届を出した。読者は、「除虫菊」という名前など聞いたこともないか、知っていても庭に咲く花くらいにしか思わないだろう。いずれにしても、さんざん読者の役に立っていることに変わりはない――これは、殺虫剤の材料になる花だ。日本が大量に栽培していたので、真珠湾攻撃のあとアメリカはあらたな産地を探さねばならなくなった。コンコンゴはずっと以前から生産していたので、生産量を上げ、毒物の含有量が多くなるよう品種改良するにはどうしたらいいか調べるのが、私の任務だった。アメリカはフィリピンとともにさまざまな繊維製品を失い、東インドとともにキニーネ(キナの樹皮から精製するマラリアの治療剤)を失っていた。植物栽培に助力ができないか調べ、また現地の実験設備をチェックしてアメリカ側が支給すべきものを調べるのが、私のプランテーション視察旅行の目的だった。私の話にあいまいなところや不吉なところはないはずだったが、絞首刑執行人(ハングマン)の反応は先に述べた通りだったのだ。

「ここからモンタワに向かいます」私は言った。

「そうですか」男は言った。「国営の養蚕場(ようさんじょう)ですね。ミスター・ロルに会うのでしょう」

「ええ、その人です」私は答えた。コンゴにいる白人は国内の白人を全員知っているのだろうかと思うのは、こういうときだ。「次にコスターマンズヴィルの除虫菊担当局、それからイネアク＝ムルングの実験農場を訪問します」

「ミスター・スラッデンとミスター・ストーフェル」男は言った。「国営プランテーション以外には行かないのですか?」

「私営のところにも行きますよ」私は答えた。「途中でコンゴールジも視察します」

「なるほど」男は言って長いこと黙っていたが、「誰に会うのかご存知なんでしょうね」

「もちろんです」私は言った。「変わった名前で——アンドレ・ドランドレノーという人です」

私にとっては名前以上の意味はなかったが、とても変わっているので印象に残っていた。だが相手は弾丸をくらったような反応を示した。

彼は一瞬私を見つめたまま凍りつき、あわてて目をそらすと立ち上がった。「よかったら、象牙のナイフがくるまでここでお待ちください」とあらたまった調子で言う。「でも、わたしはこれで失礼しなければなりません」彼は握手しようともせず、向きを変えて部屋から出て行った。玄関のドアの閉まる音が聞こえてきた。

追いかけていって、これはいったいどういうことかと訊くつもりはなかったし、象牙のナイフがくるまで待っているつもりもなかった。だが、一つだけたしかなことがあった。大量にビールを飲んだ効果が現れたのだ。寝室に続いているはずのドアがあり、寝室の先にはバスルームのようなものがあるはずだった。私は寝室のドアを開けた。

あとになって、もっと長くその女性を見ておけばよかったと思った。こちらに顔を向け、窓を背にして女はあえぎながらきょろきょろしていた。光を背後にしていたので、私にわかったのは彼女が小柄で若く、豊かな黒髪の持ち主だということだけだった。陰になった顔のうちでは、目と口だけが見えた――黒い目と赤い口。彼女と私をへだてるのは低いベッドで、シーツはくしゃくしゃになっていた。その晩、宿のベッドに寝そべったまま彼女を思い出そうとすると、どんな顔を当ててはめてもぴったり合うのだった。彼女がどんなタイプかといえば、心理的に結びつくものは乱れたベッドだけだった。その印象が強いのだが、あの状況ではそのことになんの意味もない。一つだけ確信したことがあった。バフワリの絞首刑執行人《ハングマン》が知らない何かを私は発見し、それは彼の家にあの午後女性がいたということだ。私が見つめる数秒のあいだ、彼女は完璧に静止し、それから私はドアを閉めて家を通り抜け、外に出た。轍だらけの小道の端までくると、通りの行く手には小さな土ぼこりが見えるだけだった。自転車の立てたほこりかもしれない。

私は通りを歩いて帰り、一歩ごとに、ベルトにはさんだ割礼用ナイフがわき腹に押しつけられるのを感じた。これは自分のものだ、と言い聞かせながら歩いたものの、英国航空直営店《エアウェイズ・ハウス》に着いたころには、持っていてはいけないと悟っていた。あの男はこれをくれたとき酔っ払っていたし、我々は別れた友などではなかった。自分のものにしたら、たえず良心の呵責にさいなまれるだろう。あえて、ベルトから抜き出してためつすがめつしたりはしなかった。そんなことをしたら、手放したくなくなるに決まっているからだ。

カウンターの女性は満面の笑みで迎えてくれたけれど、私はあまり話をしたい気分ではなかった。

「あなたが寄こした人は」と私は言った。「ここに戻ってきますか？」

「戻ってきますとも、お客様」彼女は言って、男が座っていたテーブルを指した。「あれは、あの人のボトルですもの」

「なら彼が戻ってきたら、これを渡してください」私は言って、ベルトからナイフを鞘ごと引き抜いて、彼女の目の前のカウンターに載せた。

見ないようつとめたものの、最後にひと目見ずにはいられなかった。すばらしい作品だし、自分で持っていることだってできるのだ。

「渡してくれればいいんです」私が繰り返し、向きを変えて出て行こうとしたとき、彼女がナイフを手に取った。そしてナイフを見たとたんに悲鳴を上げたのがわかった。

私は振り向いて「どうしたんですか？」と言った。

「おお、お客様」彼女は非難するように言う。「なんて醜い！」

彼女は英語を知らなかったから、私は英語で言ってやった。「あの醜悪な石膏のブルドッグの半分も悪趣味じゃありませんよ。さよなら《アデュー》、おばさん《マダム》」

彼女には二度と会わなかった。だがナイフと絞首刑執行人《ハングマン》と彼の部屋にいた女性——それはまた別の話で、これから記すのはそれらに関する物語である。

二　アンドレ・ドランドレノー

I

その後の二、三週間は、この物語とはなんの関係もない。私は国営プランテーションを訪れ、視察し、仕事は順調だった。誰もが私を王子のごとく扱い、私はおおいに設備の購入をすすめた。なぜならプランテーションの生産活動はすばらしかったからだ。二週間目も終わりごろになると、私も疲労困憊し、実質的な仕事はあまりなさそうなコンゴ - ルジで二、三日休みたくなった。たいして意義のない訪問なのだ。小さなプランテーションで、大規模農場向きの除虫菊の栽培をいったいどうするつもりなのかと思ったが、アンドレ・ドランドレノーから見にきてほしいという手紙をさんざん受け取っていたので、私の最後の訪問地と決めておいた。それに、誰もがそこはコンゴでもっとも美しい土地の一つだと言う。国営プランテーション視察の締めくくりとして訪れたコスターマンズヴィルに少しでも似ているのなら、美しいところだろう、と私は思った。コスターマンズヴィルは、標高千五百メートルのキヴ湖沿いにあり、その周囲をさらに千五百〜二千百メートル高い山々が囲んでいる——まるっきり無秩序な巨峰が、地理学的にはまったく説明のつかない配置でそびえている。

コスターマンズヴィルからコンゴ-ルジまでの十時間、一人だけのドライブを楽しみにしていたが、あとであまり歓迎したくない旅の友がくわわることになる。コンゴ農業委員会が私のために小型トラックを提供し、コンゴ-ルジまで是非乗っていくようにと言った。強くすすめる必要などなかった。目的地に到達する方法といえば、ほかには週にたった一度の郵便集配トラック《ポスト》に乗せてもらうしかないのだから。

キヴ地方は火山が連なり、イチゴが豊富で魅惑的なところだった。私はそれまで火山を見たことがなかったし、たらふくイチゴを食べたこともなかったが、どちらも堪能した。黒味がかったブルーグリーンからバナナ林の黄緑色まで、緑色にあふれた土地だった。原住民はバナナビールを作るためにそこらじゅうでバナナを栽培し、またバナナビールだけを楽しみに生きているようなものだった。それは泡におおわれた茶色っぽいどろっとした液体で、臭いはチョコレートと安物のウィスキーの中間、おぼれたハエの死骸がたっぷり入っている。

アンドレ・ドランドレノーはどんな人物だろうと思いながら、私はこの風景の中を運転した。バフワリで絞首刑執行人《ハングマン》が逃げ出したとき、私の心にまず浮かんだことは、コンゴ-ルジには何か問題がある、とくにドランドレノーがあやしいということだった。その後目の前から逃げ出した人間はいなかったけれど、こちらがひとたびドランドレノーという名を口にしようものなら、誰もが目をそらして関係ない話を始めるのだった。彼からもらった手紙を読み返してみたが、どう見てもありきたりのもったいぶった文句にあふれた、よくあるヨーロッパ風のビジネスレターにすぎない。

三十分ほど走ると、道路を通行する以外には白人が足を踏み入れたことがなさそうな土地に入った。道路は驚異的なヘアピンカーブの連続だった。山々の障壁を越えねばならず、山を越えてしまうと、気温はますます上がり、緑の藪の中に茶色く乾燥した広い平地が出没するようになった。ときにこういう土地は野火によって黒こげになるものだ。ほこりはますますひどくなり、空気はよどんでいるので、ヘアピンカーブを曲がると、上で自分が立てたほこりが降ってくることもある。

という訳で、オートバイに乗った白人の神父を追い越すのは気が進まなかった。神父もまたひどく土煙を上げながら、かなり飛ばしていた。用心深く日よけのヘルメットをかぶり、肩越しになびく髭の役割が私にはよくわかった。

私がクラクションを鳴らすと、神父は道をゆずるため片側によけてオートバイにまたがったかっこうで待った。神父を放っておくにしのびなかったので、私はそばに車を停めてトラックに乗らないかと訊いてみた。神父が白い僧服を腰までたくしあげ、トラックの荷台にオートバイを放り込むのに十秒しかかからなかった。私は降りて手伝った。かの地の聖職者の例にもれず、この白人神父もたくましかった。

　神そのもののような姿の男とともにアフリカの荒野を走るなどというのは、ひじょうに興味深い状況なのだ、と私は自分に言い聞かせたが、ジュスティニーン神父が退屈な人間だとわかるとそれもうまくいかなかった。道中ずっと神父は笑みを浮かべ愛想よかったが、それも問題の一環だった。彼が何歳なのか見当もつかなかった。髭はごま塩混じりなのに、顔にはあまりしわがない。

　神父は、アメリカ人がアフリカにくるとなったら、この土地を舞台に映画を撮るか本を書くしかありえないと思い込んでいた。道中ずっと「ほら、なんと賞賛すべき景色でしょう《サ・メリト・ケルケ・リニュ》、ほら、なんと賞賛すべき景色でしょう《サ・メリト・ケルケ・リニュ》」と言い続けていた。私が一つでも山を見落としたらたいへんだと思っている模様だ。風景が賞賛に値するというのは正しかった。すばらしい風景だった。だがカーブを曲がるたびに、すなわちほんの二、三分おきに賛嘆と驚愕の声を上げないと、ジュスティニーン神父に催促される始末だった。

　コスターマンズヴィルとコンゴ-ルジのあいだ、道路沿いには小さなガソリンスタンド兼救急センターが二軒あるきりだった。ジュスティニーン神父ははるばるルジ-ブセンディを目指していたから、私のトラックに乗るのはおおいに休憩になったのだ。

　またしても大きなカーブが迫ってきたとき、私は要求され、催促された賞賛の言葉を言い終えたところだった。話の継ぎ穂を見つけるため、私はやけになって言った。「アンドレ・ドランドレノーという人をご存知ですか?」

知っていたらしい。神父はぎょっとして、笑みは消え失せ、景色に注意をうながすことも忘れてしまった。

「わたしはドランドレノーに会いに行くのです」と神父は言った。

「コンゴ - ルジ・プランテーションにいらっしゃるのですか?」私は訊いた。さして驚くべきことでもなかった。この道を通って行ける場所といえば、二カ所か三カ所ぐらいのものだ。「ぼくもです。ルジ - ブセンディでお降りになることはありません。ずっと乗っていらっしゃればいいんです」

「神に感謝します」と神父は本来の意味をこめて言ったが、まるで私が神の使いとして送られたかのような感じだった。「まだ時間はあります」

「まだある、とはどういう意味ですか?」

「ドランドレノーのことはお聞きになったのでは?」

「聞いていないと思います」私は言った。

「彼は死にかけています」ジュスティニーン神父は言った。「もう亡くなっているかもしれません。マダム・ブートグルドからきてほしいという手紙をもらいました。彼女の考えにちがいありません――信心深い女性です。とても敬虔です。ドランドレノーはちがう、信心のかけらもない男です。それでも、最期が迫っていると知ったときは、教会の救いを求めたのかもしれません。そういう人もいますからね。マダム・ブートグルドのことはご存知ですね？」

「ぼくは誰も知りません」私は答えて、コンゴ - ルジを訪問する理由を告げた。「視察はとても無理そうですね」

ジュスティニーン神父が不安そうな顔をしたので、私は言った。「ぼくが行ってもしかたないのですが、ともかくあちらにお連れしますよ。オートバイでは、二日もかかってしまう」

神父によれば、アンドレ・ドランドレノーは終油の秘蹟（臨終のときに聖油を塗ること）をひどく求めているらしかった。私はトラックのスピードを上げ、ジュスティニーン神父は口数が少なくなった。猛スピードでカーブを曲がったら、さすがの神父も風景に興味を失い、座席にしがみつくのに必死になることに気がついた。いささか愉快な気分で、悪の力に戦いを挑む天からの使いとなった自分を思い描いた。小型トラックに乗った天使だ。車内は静かになり、私は快調に飛ばした。

Ⅱ

ルジ‐ブセンディではランタンの出迎えが待ち受けていた。行く手から明かりが見えてきて、こちらが近づくにつれ、地上六十センチくらいの位置で左右に揺れているのがわかった。その数は四つか五つ。停止すると、原住民の少年たちがランタンを高くかかげて近づいてきた。彼らの目はきらきら輝き、つやのある黒い肌の上を明かりが滑る。

中年の白人女性が、道路沿いの小さな建物から急ぎ足で出てきた。運転席側の窓まできて、「お急ぎのところ申し訳ありません。でも、もしかして――」と言いかけたが、ジュスティニーン神父の姿に気づくと急に口調を変え、「まあ神父様、いらしたのですね！」と声を上げた。

「この若い方が途中で乗せてくれたのです」神父は言った。「マダム・ブートグルド、こちらはミスター・トリヴァーです。プランテーションの視察に行かれるのですよ」

「まあ、アメリカの方ね！」マダムは言った。「ようこそいらっしゃいました《アンシャンテ・ムッシュー》。ご連絡しようとしたのですよ。アンドレのことはお話しになりましたの、神父様？」

「今回は見合わせて、またの機会に視察しますよ」私は言った。「ジュスティニーン神父をお連れしたかっただけですから」

「まあ、いけないわ」マダムは言った。「お帰りにならないで。泊まる場所ならなんとかしますから」

ランプの光のもとでは、トラックの窓に手を置く彼女の顔と肩しか見えなかった。年齢は四十くらい、美しい黒い瞳で、とび色の髪は後ろになでつけている。その目をのぞいては、平凡な顔立ちでやや中年太りの気《け》がある。だが快活で知的な印象だ。ドアにかけた手は小さく、やや赤みをおびた肌にはつやがある。形のよい指は爪をきちんと切り、幅広の金の結婚指輪をはめている。

「わたしがトラックで先導します」彼女は言った。「どうぞ、ついていらして」

マダムが向きを変えて歩み去ると、残りの部分も見ることができた。身長はやや高めで、かなり太っているが、ぶよぶよした感じではなく、しっかりして頑健そうだ。背筋《せすじ》をしゃんとさせてきびきびと歩き、暗闇に消えた。

道路の片側を農場のトラックのライトが照らし、マダム・ブートグルドが車の右の窓から身を乗り出して、ついてくるように私たちに合図するのが見えた。運転席に誰かもう一人いるようだ――あとで、原住民の若者だということがわかった。ランタンをかかげた若者たちがマダムのトラックの後ろにどっと乗り込み、私たちは出発した。

角を曲がってコンゴ-ルジの小道に入るとすぐに、車が振動を始めた。トラックの若者たちは荷台の枠にしがみつかねばならず、ランタンをこわすのではないかと思われた。道はおおむね登り坂だったが、こちらは日中コスターマンズヴィルからずいぶん低地に下りてきたので、少しは涼しくなってきた感じだった。

「マダム・ブートグルドはたいへんよい人です」車がどすんどすん揺れる合間に、ジュスティニーン神父が私に言った。「彼女とムッシュー・ブートグルドはコンゴに二十年暮らしています。真のコンゴ人ですよ。マダムが本物のコンゴ料理をふるまってくれるでしょう」

それからちょっといたずらっぽい声で言った。「それから夫妻には、たいへん美しいお嬢さんがいます」私はくたくたで、いたずらっぽい言葉を返す気になれなかったので、聞き流した。二、三十分後、前方のトラックが停止し、マダム・ブートグルドがこちらにやってきた。道から二、三十メートルほど離れたところに明かりが見えた。

「ご一緒にいらしてください」マダムは言った。「神父様、わたしのトラックでお待ちになりませんか――それともアンリにお会いになりたいですか？」

ジュスティニーン神父はドビュックには翌日会うと言い、トラックから降りた。私たちはおやすみを言い合い、マダム・ブートグルドが助手席に乗り込んできた。

マダムは明かりに照らされたわき道を案内してくれた。一分か二分で、柵がなくお粗末なポーチのついた小さな家が見えてきた。ポーチには、吊り花かごから這い出た植物のシルエットが伸びている。

「お取り込みのところ、とんだおじゃまをしまして」私は謝った。

「まあ、とんでもない」彼女は言った。「あなたにとって不愉快な訪問になることだけが残念ですわ。よくいらしてくださいました。主人はアメリカからおいでになる方とお話しできるのを、とても楽しみにしています。ここはアンリ・ドビュックの家です。あなたと同世代の男性ですよ」

こちらが車で乗りつけ、錆びたフォードの後ろに停めたときには、すでにアンリ・ドビュックは今にもこわれそうな玄関のステップまで出てきていた。トラックのヘッドライトが男まで伸び、相手が大柄だということがわかる。男がステップを降りてくる様子には、ものぐさな優雅さとでもいった魅力が感じられた。

「アンリ」マダム・ブートグルドが言った。「びっくりさせることがあるの。アメリカ人のお客様、ミスター・トリヴァーよ。やっといらしたの。ジェロームの家にはマドモワゼル・フィニーがいるし、うちにはマドモワゼル・コリンズがいるし、ゲストハウスにはジュスティニーン神父がお泊りになるから——」

「かまいませんよ」ドビュックは言った。彼はあたりさわりのない笑顔を浮かべ、私たちは握手した。彼は袖をまくり上げていて、たくましいスポーツマンのような体格と釣り合う、筋肉がたっぷりついた腕が見えた。分厚い唇と低い幅広の鼻、そして快活な青い瞳はあまりに明るく、赤ら顔の中で白っぽく見える。ベッドに倒れ込む以上に私が望んだものはただ一つ、寝酒だった。そしてアンリ・ドビュックとともに一杯やるのも悪くないと考え始めていた。私のカバンにはウィスキーの瓶が入っている。ちょっと気分がよくなった。

マダム・ブートグルドは帰りの足のことを忘れていたので、私がトラックで送らなくてはならなかった。もう一度マダムとジュスティニーン神父におやすみのあいさつをし、とりあえずその日はこれ以上神父につきあわなくてすむことにほっとした。アンリの家まで戻ってトラックを停め、酒を取り出すつもりで玄関のステップを昇っていくと、ドビュックもウィスキーの瓶とグラスを二個出したところだった。

「すぐ寝室に案内するよ」彼は言った。「でも、その前にこいつがほしいでしょ」

III

アンリ・ドビュックは、恰幅がよく、まんべんなく筋肉がついたハンサムで、中年のようなでっぷりした腹と二重あごの持ち主だった。だがアンリは中年どころか三十にもなっていなかった。私には、彼のやすやすと人を惹きつけるところがうらやましく思えた。いわゆる「魅力的」というタイプではない。じっさい、少々だらしないところがあったが、身のこなしには騒々しいバイタリティーが感じられ、それはひどくセクシーでもあった。いつも笑っているような表情だったが、とくに陽気というのでもない。私が初対面の人間について関心を持つのは、食べていくための仕事は何か、そして性生活をどうしているかの二点につきる。この二つと睡眠と映画の一本か二本もあれば、たいがいの人間の二十四時間はつぶれるからだ。アンリは頑丈な胃袋に任せて気ままに暮らしているように見えた——食事、ほどほどの飲酒、そしてあまたの女たち。相手を見つけるのに苦労することはなさそうだし、女と過ごした翌朝相手のことを思いわずらうこともなさそうだ。あるいは、十分な運動とシャワーと朝食にまさる喜びはないのかもしれない。だがここはヨーロッパではない。ここはコンゴ－ルジであり、またしても私はまちがっていることがわかった。アンリの生活には、のんきそうな笑顔からはうかがい知れない、青年らしい理想主義、深刻なプライベートの悲劇そして幻滅があるらしかった。

住民がたがいに鼻を突き合わせて暮らす農場で、アンリのような男がどうやって生きていられるのだろう、と私はいぶかしんだ。原住民の女がいるけれど、その手の関わり方なんて低俗だし満足は得られない。ともに飲み食いし、踊り、親しくつきあってこそ、異性との関係は満足に足るものになるのだ。ともかく、ベルギー人はその手のことには拘泥しない。イギリスの植民地はそういう関わりを代用品として認め、フランス人はおもしろがり、ポルトガル人は夢中になっているが、ベルギー人は好みの点からも植民地政策の点からも、原住民の女とのつきあいを避けるのだ。

アンリもまた私について思い違いをしていた。私を風変わり《エキゾチック》な性格だと思っていたのだ。アメリカにいたら、私ぐらい平凡な人間はいない。むろん、言葉の厳密な定義からすれば私は異国《エキゾチック》の人間だったが、さんざん述べてきたように、めずらしい存在であることにはうんざりしていた。赤道直下のアフリカではいかなる白人も外国人であり、ベルギー人のあいだではまぎれもなく外国人だったから、私は二重の意味で外国人だった。どういうわけか人は、他人の国にいるときでも、自分以外の人間こそ外国人だと考えるものだ。自分こそ外国人なのだと思い出すたびに私は驚きの念に打たれ、コンゴ - ルジに着いたころには、たびかさなる視察と終日のトラックの運転で疲れ果て、正真正銘のホームシックにかかっていた。疲れていたにもかかわらず、ベッドに直行せずにアンリとつきあって少々酩酊したのは、そのせいだと思う。アンリといると、ジュスティニーン神父と一緒のときとは反対に、くつろぐことができた。アンリの家がまるで自分の家のようにも感じられた。

むちゃくちゃな、こわれかけた家だった。レンガとコンクリートの入手が困難だった時代のコンゴでよく建てられたタイプだ。あぶなっかしい鉄パイプの骨組みが、高さ百五十～百八十センチの石の支柱に載っている。壁も床も鉄パイプにくっついた薄っぺらい木板の仕切りでしかないうえに、そこかしこが腐り、あるいは蟻の通り道になっている。窓とドアにかかっているカーテンは、元は色鮮やかな現地のプリント生地だったのが、今や色あせて形もくずれていた。家のまわりはぐらぐらしたポーチに囲まれ、ポーチは吊り花かごとそこから這い出す植物に占領されている。植物は蘭だったが、コンゴランは少なめで、ひっそりと花を咲かせている。

変わったものがたくさんあるのに自分の家のような気がしたのは、アンリの趣味かどうかはわからなかったが、簡素で実用的な家具がいくつかと、原住民の美術品が置かれ、それがいずれもすばらしかったからだ。壁には美しい木彫りのカヌーのパドルが交叉してかけられ、注ぎ口が人間の頭をかたどった黒い陶器、それから先日の割礼用ナイフよりさらに黒ずんだ小型の古い儀式用の象牙細工もあった。象牙細工は、両手で腹を押さえている人間の像で、おそらく赤痢を始めとする、原住民を悩ませてきた消化器の病気を防ぐものとして携帯したものだろう。ほかに壁にかかっていたのは、静謐な風景やありふれた室内を描いた六枚ほどの小さな油絵だった。技術的には典型的なアマチュアのものだったが、通常のアマチュアの絵には見られない対象物への深い愛情が感じられる。アンリは、アントワープで歯科医をしている兄の作品だと言った。

ということで、居心地がよいのは、それまで学友や教授の家でなじんだのと同じ簡素さと趣味のよさゆえだった。それは、アンリの第一印象とはまったくあいいれないもので、彼に対する見方をあらためないといけないぞ、と思った。

まず二杯飲むあいだに、アンリはプランテーションにいる人々について話してくれたが、誰もがこれから述べる話に登場するので、そのつどご紹介しよう。三杯目になると、私はひどくうさんくさく思われるアンドレ・ドランドレノーについて探り始めた。アンリは、問いをもって反撃してきた。

「なぜアンドレは、きみにきてほしくないと思ったのだろう?」いきなり訊いてきたのだ。

「ぼくの訪問を希望していましたよ」私は言った。「たいへん心のこもった手紙をもらいました」

「一連の手紙のことは知ってるよ」アンリは言った。「ぼくが代筆したんだ。あとのほうだけだが。手紙を出したとき彼は元気だったけど、二週間くらい前、ちょうど病気にかかったころ、きみの事務所にこないように電報を打ってくれとジェロームに頼んでいたよ」ジェロームはアンドレの兄だ。

「電報は受け取りませんでした」

「ジェロームが打たなかったからさ。打ったようにアンドレに思わせたんだろうが、ジェロームとしては是非ともきみに視察してほしかったんだ。きみは、コンゴ‐ルジの死活に関わっていることをわかってるよね?」

そんなのはいやだった。あまり芳しくない予感がしたからだ。そこで私は話題を変えた。今いる部屋がどれだけ気に入ったか、なぜここにいると家や大学を思い出すのかを話した。

「気に入ってくれて、嬉しいよ」アンリは言った。「大学での生活は楽しそうだね。ここと は比較にならないだろう。少しでも苦痛をやわらげる手段を講じなかったら、ここでの生活は地獄だ。セザール・ブートグルドのようにここの生活を楽しむことはできないが、なんとか耐えられるようにしているよ」

「いつでも、ここを立ち去ることはできたでしょうに」

「いや、五年契約できたんだ」

「どれくらい前に？」私は訊いた。

「もうすぐ五年になるな」アンリは笑う。「そう、立ち去ることはできるよ。来月十五日、ぼくは出発できる。じっさい、出て行かなくちゃいけないみたいなんだ。アンドレがあんな容態だから、上のほうはちょっと引き止めるだろうけど、ぼくは今にも首にされそうなんだ」

アンリはウィスキーをごくりと飲む。「ぼくにとっても、願ってもないことだ」とつけくわえた。

「そんなばかな」私は言った。「あなたはルーヴァン大学で博士号を取っているのに」

「りっぱな博士号だし、ぼくもかつてはりっぱな植物学者だった」アンリは認めた。「だけど、ここではしくじった。ほかの農場で雇ってもらえるかどうかも、自信がないんだ。五年前、ベルギーでコンゴ‐ルジと契約しなければ、ぼくだって仕事を選べたかもしれない。あのときは、自分がどんな会社に入ろうとしているのかわからなかった。よさそうな仕事に聞こえたし、国営プランテーションより報酬もよかった。でもそれは五年前のことで、会社は落ち目になる一方だ。あの長期契約にサインしなければ、種をまく前に出て行けたんだ。もし今首にされたら、どんな半端仕事でも喜んでつくよ。告白めいてきたけど、気が重いかな？」

「聞かせてくださいよ」

「ぼくは正直に言ったほうがいいんだ。きみが報告書に書くかもしれないし」

「生活を耐えられるようにする秘訣はなんですか？」私はたずねた。

「ああ、ばかばかしいいろんなプロのまね事さ。蘭作りもある。それから、こういうの」

アンリはグラスを置き、椅子の上で怠惰に向きを変えると、きれいにペンキを塗った壁際の箱のふたを開けた。中は鳥でいっぱいだった。内蔵を抜かれ、裂けた腹の下で脚を折り曲げられたかっこうで、乾燥させたものだ。羽の状態は完璧で、生前つやがあったであろう箇所はぴかぴかしており、それ以外の部分は柔らかさを保っている。赤は幾分茶色がかっていたが、それはいかに標本作りに精通した人間でもいたし方のないことだ。アンリは一羽ずつ紙の筒から引き出し、テーブルに並べた。あるものは玉虫色に光り、けばけばしい。あるものはソフトな薄ねずみ色で、羽先はバラ色、くちばしは鮮紅色だ。

「これだけ見つけるのにずいぶん時間がかかったでしょう」私は言った。「仕事をしくじったのは、これのせいですか――仕事以外のことに時間を費やしたから？」

「これをしなかったら、座り込んで怠けているしかなかったよ」アンリは言った。「ほかにもいろいろやってきたんだ。ぼくのかわりに税関を通せるかな？　アメリカで売れるんじゃないかと思うけど」

誰もが私にこの手の頼みごとをする。「できるかもしれません」私は言ったが、熱意のある声は出せなかった。

「まあ忘れてくれ」アンリは言った。「一文無しだから、売ってみようかなんて思っただけだ。忘れてくれ」

「こんな場所で一文無しになるなんて、いったい何にお金を使うんですか?」

「ベルギー侵攻というちょっとした事件があった。ぼくの給料の小切手の大半がその対策費用に充てられた。で、最近ごりっぱなコンゴ - ルジは株でくれるんだ」

私たちは鳥を紙筒に戻し、箱にしまい始めた。

「五年がかりの作業としては、鳥の剝製以外にも見せるものがあるよ」アンリは言った。「あすの朝、きみはコンゴで一番うまいコーヒーを飲める。ぼくが豆を育てて干してローストしたんだ。あしたになったら、それを挽いてきみのために淹れてあげよう」

「あの」私は言った。「あなたはいい人だし、この手の仕事が本当にお好きですね。なぜ仕事を——そのう——しくじったんですか?」

「かまわんさ。じっさい、しくじったんだ」アンリは断言する。「きみは調査のためにきた——」

「いいえ、視察です」私は言った。

「同じことだろう」アンリは言った。「失敗した理由を説明したら、職務上の倫理に反するし、死者を冒瀆することになる。酒はもういいかな?」アンリは言うほど深刻ではないと示すために笑った。

「ええ、十分いただきました」

アンリは笑わずにこう言った。「ぼくがしくじったのは、アンドレ・ドランドレノーのもとでは、誰もまともな仕事ができなかったからだ」そこで言葉を切る。

「続けてください」私は言った。「彼のどこが悪かったんですか?」

「いろいろあるが、彼は役立たずの酒飲みだった」アンリは言った。「『だった』と言い続けているが、時間の問題だろう。彼は過去形で語られる人物だ、そう——回復の見込みはない。ぼくも酔ってるにちがいないな。しゃべりまくるのが楽しいね。また大学生に戻った気分だ。この部屋にいると大学を思い出すってのがどういうことか、わかる気がするよ。今はわかる。なんの話をしていたんだっけ?」

「アンドレ・ドランドレノーが役立たずの酒飲みだったという話ですよ」

「それなら、話すことが山ほどあるよ」とアンリ。「彼は役立たずの酒飲みだった。そして、ひどくお粗末なビジネスマンだった。道徳的にどうこう言うんじゃなくて、彼のせいでコンゴールジは損害をこうむった。それから女たらしで密通者で、黒人を殴っていた——それもひどく殴っていたが、ぼくが知るかぎりではそれですべてだ。ほかのことも想像はつくが。こんな話しかできなくて残念だよ」

「忘れてください」私は言った。

「きみが忘れるんだ」アンリは言った。「外に出よう。庭を見せるよ」

アンリは中心に円のある十字型の砂利道を敷いていた。薄明かりの中、元気な園芸用の花がいくつか見えた——コスモス、テンニンギク、ありふれたキスゲやワスレグサ、ダリア。中央の円には、小石でおおったセメントの台にふたのないドラム缶が載っていた。ドラムの片側には穴が開き、ガラス板がはまっている。

「魚を飼うんだ」アンリは言った。「だけど、入れたとたんに死んじまう。暑すぎるからかね。ここを見てごらんよ」

縦横高さとも二百四十センチほどの金網の檻に、藁ぶき屋根がかかっている。アンリはマッチを擦って高くかかげた。かろうじて、黒いとさかのある鷲が止まり木にいるのが見えた。

「あしたになったら、こいつを鳴かせてみせるよ」アンリは言った。「こちらが紹介したいレディーだ」

小さな庭にある鷲の檻のその向こうには、高さ九十センチもないミニチュアの原住民の小屋があった。その周囲をミニチュアの竹の柵が囲んでいる。

私たちは柵をまたぎ、アンリがまたマッチを擦り、小屋のドアに向かい、かがんで中をのぞき込んだ。「おいで、ドードー」アンリは言った。マッチは消えたがドードーはもう起きていた。それは眠そうによろよろと月明かりの中に出てきた。ドードーは小型レイヨウだった。頭のてっぺんまで四十五センチくらいしかない。非常に脚が長く、子猫のようにふわふわしている。私たちのほうにくると、アンリの向こうずねに鼻をこすりつけた。

二人ともしゃがみ込み、アンリがドードーを私のほうに押すと、抵抗せずにやってきた。そして鼻づらを私の両膝のあいだに突っ込み、肋骨まで頭を上げてきた。

「もうすぐ大人だ」アンリは言った。「あまり大きくならない。ほんとに小さかったころ、藪の中で見つけた。レイヨウにはこっけいな話があるのを知ってるだろう。アルベール国立公園ができたとき、レイヨウは原住民と天敵の動物たちから守られることになった。それで数がふえるかと思ったら、今や死に絶えそうなんだ。えじきにされる危険がないと、レイヨウってのは繁殖しないいんだ」

「ドードーには快適な家があるから、狙われないでしょう」私は言った。両腕でドードーを抱きかかえると、まるで室内用のペットのようにおとなしくじっとしていた。

「そのうち夜、藪から何かが出てきてこいつを殺すだろう」アンリは言う。「動物かもしれないし、原住民かもしれない。かわいそうなドードー！　でも、そうやって仲間は死んでいったんだ。さっきより気分がよくなった。家に入ろう」

私はドードーを下ろした。玄関のステップまで行ってから振り返ると、ドードーはまだ小さな柵の中にたたずんでいた。

「疲れました」私は言った。「もう寝ませんか」

「ぼくのベッドを使えばいい。ぼくはほかの部屋のソファーに寝るから」アンリは言った。「遠慮なんかするなよ、無駄なことだ」居間を通り抜けながら、私はグラスに残っていた酒を飲み干すというあやまちを犯した。二人で寝室に入り、蚊帳を外し、アンリはシーツを剝がし始めた。私も手伝った。

「ずいぶんしゃべったもんだ」アンリは言った。「きみは一つだけ答えなかったね。ますます気になるな。なぜアンドレは、きみにきてほしくなかったんだろう？」

「見当もつきません」私は答えた。「農場がひどいありさまだからかもしれません。こんなふうに迎えられるのはいやだな」

「アンドレは農場のことなんかどうでもいいと思っていた」アンリは言った。「どれだけひどいか見るたび、どれだけうんざりするかって、笑いながら言ってたよ。きみにきてほしいと思ったのは、ジェロームとブートグルドだ。何かがあったんだ。アンドレには個人的な理由ができたんだろう」

最後の一杯が効きすぎた。だまされた気分になってきた。

「こんなふうに迎えられるなんて、ひどい」私は言った。再びホームシックの念に襲われ、自己憐憫に浸っていた。「ぼくはなんといっても外国人です。彼はぼくの顔を見るのもいやだったんだ」

「今となっちゃ、きみたちが顔を合わせることはないさ」アンリは言った。「シーツはぼくがやるから」

アンリはシーツを替え、その間に私は服を脱いだ。アンリは部屋から出て行くと、一分ほどでアスピリンを持って戻ってきた。ベッドわきの水差しからグラスに水をつぎ、私に二錠飲ませた。

「アンドレ・ドランドレノーはなんの病気ですか?」私はたずねた。

「アメーバ赤痢だ」アンリは言った。「一番たちの悪いやつだよ。おやすみ、トリヴァー」

「フープって呼んでください」私は言った。「あなたのことはアンリと呼びます。おやすみなさい、アンリ」

「わかったよ。おやすみ、フープ」アンリは言って部屋から出た。

完全に酔いが回ったわけではないが、少々めまいがした。横になると、ほどなく眠りについた。だが眠り込む直前頭に浮かんだのは、コンゴとはなんの関係もないことだった。一九三七年にパリで見た舞台『トロワ・ヴァルス』に出演していたイヴォンヌ・プランタン（二十世紀フランスのオペレッタ歌手）のことをずっと考えていた。イヴォンヌは黒いベルベットのスラックス姿でちょっとだけタップダンスをしながら、『ジュ・ヌ・スイ・パ・セ・ク・ジュ・サンブル』という歌を歌った。覚えやすい節があったのだが、私は最初のほうしか覚えられなかった。頭の中で彼女のダンスを再現した。タップはあまりうまくなかったけれど、本当は得意でないという小さな秘密を観客にこっそり打ち明けているかのように踊っていた。両手を広げ小さなタップのステップを後ろに前に、後ろに前に踏んだ。「ジュ・ヌ・スイ・パ・セ・ク・ジュ・サンブル」彼女が繰り返し歌うのが聞こえてくる。——「わたしは見かけとちがうの、見かけとはちがうの、わたしは見かけ通りの人間じゃない」故郷から遠く離れた土地で私が眠りに落ちたときにも、彼女はまだ歌っていた。

　それはまるで予言的な光景のようだった。私をちょっとでもだまそうとしない人間は、コンゴ‐ルジにはいないにひとしい。そして彼らのほとんどは、だました罰を受けないのだ。

Ⅳ

翌朝私は、誰かがシーツを引っ張るので目が覚めた。空気はひんやりとして、レモン色の薄明かりが窓から斜めに差し込んでくる。だからまだ朝早く、六時をすぎたばかりだろうと思った。アンリが蚊帳の外にいた。

「ゆうべアンドレが死んだ」アンリは言った。「葬式は七時半に始まる。急がないと」

なぜ会ったこともない男の葬式に出なければならないのか理解に苦しんだが、アンリは私が抗議しないのを当然と思っているようだった。アンリは部屋から出て行き、私はなんとかベッドから抜け出した。

ハウスボーイが洗面用の水差しとタオルと石けんを持ってきた。まるでわざとやっているみたいに、ぐずぐずと持ってきたものを並べ、それからこちらを向いて満面の笑みを浮かべた。はなやかな刺青の入った顔に、やすりで磨いた歯がのぞいた。紫色がかったひし形の模様が、頬の上で同心円を描くように、鼻梁から額にかけて扇形に広がっている。

「ぼく、アルベールです《モワ・ジュペル・アルベール》」少年は彼独特のフランス語で言った。宣教師たちにつかまるまでは、彼の名がアルベールだったはずはない。あんな歯と刺青をしているからには、キリスト教徒として生まれたのではない。それが今はキリスト教徒となり、その証に聖人のメダルを、生まれたときからの異教のお守りと一緒に紐に通して首から下げている。原住民たちは異なる宗教を折衷するのだ。

　アルベールはたくましい広い胸と肩を持ち、胸筋は突き出ている。尻は引き締まり、腹は鋳型で取った黒い金属のようだ。だが原住民のつねで、腹が弓形にふくらみ、それさえなければ完璧な肢体となれたところを台無しにしている。

「よろしくアルベール」私は言った。「ぼくはムッシュー・トリヴァー《ジュ・ペル・ムッシュー・トリヴァー》だ。」

　アルベールはさらに訳のわからないおしゃべりを続け、今度はさっぱり理解できなかった。私は突っ立って笑いかけた。コンゴにきてから学んだ技術だ。彼はもう一度同じことを言ったが、今度は片手で水差しを指差し、もう一方の手で水を飲む仕草をした。それからはげしく否定するように首を振り、激痛に襲われたように体を折り曲げて腹をかかえた。次に体を起こすと歯を見せて笑い、水差しから、ベッドサイドの栓をしたカラフ（水、ワインを入れる卓上用のガラス瓶）へと指差していき、また一連のこっけいな仕草をして見せた。さっきとちがうのは、はげしく肯定するように首を振り、至福の表情で腹をさすったことだ。すばらしいパントマイムの術で、私はすっかり見惚れてしまった。だが、洗面用の水を飲んではいけないと忠告されるのに、これほど的外れな場面はなかった。私は髭を剃り、アメーバ赤痢で死んだ男の葬式に出かけようとしていたのだ。

「わかったよ、アルベール」私は言った。「オーケー。飲むときはカラフの水にするよ」

アルベールは喜んでげらげら笑い、「ホーカイ、ホーカイ（オーケーの現地訛りか）」と言った。子どものように楽しげに、部屋から出て行った。戸口越しに、象牙のお守りで腹を二、三回さする様子が見えた。

私は髭剃りと着替えをすませると、ベランダに出た。清潔な白い布をかけたぐらぐらするテーブルを前に、アンリが待っていた。私が座って清潔な白いナプキンを広げると、穴が開いている。まだ涼しくて、戸外も気持ちよかった。誰かが蘭のバスケットに水遣りをしたらしく、ちょろちょろと涼しげな音を立てて水がしたたっている。

「ドランドレノーのことは残念です」私は言った。

「葬式のために起こすことになって、すまない」アンリは言った。「きてくれるので助かるよ。この葬式は――この辺では、白人の葬式がどれだけみじめなものか想像もつかないだろう。ただ地面を掘るだけだ。アンドレみたいに運がよければ、木の箱が用意されて、六人の白人が見送ってくれる。きみはアメリカ政府の代表だし、アンドレはプランテーションの長《ちょう》だった。こっけいに聞こえるかもしれんが、きみがいるおかげでずいぶんとましな葬式になるよ」

「ぼくで力になれることなら、なんでもします」わたしはアンリよりはそっけなく聞こえないよう言った。アンリの態度は自意識過剰に見えた。秘密を洩らしたり親しくなったりするのにいささか早まった翌日に襲われる気まずさを感じているようだった。私はそんな現場は何度も見てきた。酔っ払いにまとわりつかれ、女出入りがどうしたこうしたと聞かされた翌朝は、そんなものだ。アンリはたいしてしゃべった訳ではないが、ベルギー人というのはアメリカ人にくらべると、打ちとけるのに時間をかける傾向がある。どちらにしても、私はがっくりと気力が萎えた。

コーヒーは本当にうまかったが、アンリにそう告げると、「そりゃよかった」とかなりつっけんどんな返事がきて、私は話のつぎ穂を失った。とにかく急ぐ必要があり、それは話をしない口実にもなり、アルベールが作ったトーストもどきを食べきらない口実にもなった。もどきは缶詰のバターがたっぷり塗ってあり、保存料とワックスの臭いがした。アルベールは顔じゅうをくしゃくしゃにして、誇らしげに「メリカン・トーストです」と言ったのだ。私は彼だけがコンゴでの友人だと思い始めていた。

アンリと私が玄関ステップを降り、小さな庭を横切ってアンリの車に向かう途中、ドードーも友だちリストにくわえることにした。これで二人だ。ドードーは小屋からひらりと飛び出してくると、柵の端まで私たちのあとを追った。最後に見たときも、私たちの車がほかの車に追いつこうとわき道をがたがた走っているところを見ていた。その瞬間私は、コンゴ‐ルジに四日もいるのはやめようと決心した。いやな土地だ。もうひと晩泊まったら、コスターマンズヴィルに戻って搭乗予定の飛行機がくるまで二日待っていればいい。そうすれば、帰り道でトラックが故障しても飛行機に乗りそこなう危険がなくなる。

　アンドレ・ドランドレノーを埋葬する場所として、プランテーションの中心から三キロほど離れた使用されていない土地が選ばれた。谷へと傾斜し、その向こうにはコンゴによくある荒々しい緑の山が連なっている。茶色の畑は黒ずみ、野火が這い回って煙を上げている。

　コンゴ‐ルジのあらゆるもの同様、プランテーションのトラックもぼろぼろだった。トラックは一行の先頭を走り、くぼみを越えてがたがた揺れるたび、清潔な白いズボンを履いた四人の原住民の少年が、棺が動かないように押さえつける。すぐ前を行く車にマダム・ブートグルドが乗っているのがちらと見えた。彼女の車とトラックの霊柩車のあいだにもう一台走り、アンリと私はしんがりをつとめた。早朝であるにもかかわらず、すでに陽は高く、皆ほこりを吸って咳き込み、汗ばんでいた。

　空き地に着くと皆車から降り、そのあいだ原住民たちが棺を肩にかついで墓まで進んだ。

穴は掘ったばかりだった。掘り起こされたばかりの土の鮮やかな赤が、向こうの藪のどぎつい緑色と対照的だ。藪の端には、そこかしこに、ユーカリノキの漂白したような色のたわんだ枝が見える。葉っぱはまったくなく、朱色のポンポンをつけている。

棺は、組み立て式の輸送用包装箱の木材から作ったぶかっこうな箱だった。もしアンドレが総督としてかの地で死んだとしても、それ以上の待遇はありえなかった。コンゴには死後二十四時間以内に埋葬しなければならないという法律があり、埋葬は早ければ早いほどいい。大きな町にも死体防腐処理をほどこす施設はなく、いったん死んだらあの気候ではそう長持ちしないのだ。箱があるだけでも、アンドレは幸運だった。材木は植民地リストのなかでもっとも不足しているものの一つだ。第二次世界大戦が始まって以来、電動のこぎりを入手することができないからだ。その朝、パパ・ブートグルドがアンドレ・ドランドレノーの死をちっとも悲しんでいないことはわかっていた。だが材木が墓穴に下りていったときには、彼も泣けたかもしれない。なぜならそれは、自宅の新しい苗床用に、ひそかにたくわえておいたものだからだ。

セザール・ブートグルドは、私の目には、ズバリ「パパ」そのものだった。そのようにしか見えなかった。彼と妻と若い娘がアンリと私の前を歩き、一同棺のあとをまとまりなく進んだ。少年たちは墓穴のかたわらにかついできた棺を置き、礼にかなった距離までしりぞいた。その間白人たちは、別々のグループを作り、おぼつかなさそうに立ち止まった。ブートグルド一家は、私から六メートルほど離れたところに立った。一家の様子はまるで、活況を呈しているフランドルの町で繁栄を誇る名家のようだ。市長とその妻子といってもも通るかもしれない。彼らは異国にいる場違いな人間には見えず、コンゴの風景のほうが彼らに似つかわしくないのだ、という印象を与える。この一家こそあるべき姿なので、バナナ果樹園やユーカリノキが彼らに不釣合いだという気がしてくる。

パパ・ブートグルドは日よけ用ヘルメットを手に持ち、はげ頭と眼鏡が朝日を浴びて光っている。マダム・ブートグルドは、前の晩知り合った人間に対する親愛の情と、今朝の葬儀にふさわしい礼節がないまぜになった表情で私に向かってうなずいた。あのとき、死者を悼む姿勢を見せたのは、彼女ただ一人だった。着古した古い黒のスカートも黒のブラウスも似合っていなかった。ランタンに照らされた昨夜と異なり、彼女の目は初対面のときほど美しくは見えない。

ブートグルド夫妻と一緒の娘は、十八歳か十九歳くらいに見えた。身長は母親と同じくらい、ひよわそうなところはみじんもなく、母親の体の肉のつきすぎた部分をうまくほっそりさせたような体格だった——くるぶし、ウエスト、手首、喉。どこにでもあるような飾り気のない白いドレスを着ていたが、その場にしっくりしていた。白い靴を履き、だがストッキングはなしで、日焼けした脚がむき出しだった。日焼けを避けるのが流行していたコンゴの白人社会では、めずらしいことだ。ドレスは上半身にぴったりして、娘の高く突き出た胸が強調されていたので、私は落ち着かない気分になった。私が目を上げると、こちらを見つめる娘と目が合ってしまった。娘は落ち着いた様子で、ひじょうに端正な顔立ちだった。みずみずしい美しさがあり、白い帽子の下から、日光にさらされて白っぽくなった髪がひと房、ふた房のぞいている。彼女は私が何を見ていたのか知っていたが、一瞬いぶかしげな光を見せただけで、気おくれしたふうもなく、ゆっくりと目をそらした。ジュスティニーン神父が話していた「美しいお嬢さん」とは、このガブリエル・ブートグルドだった。彼女に出会ったあの朝私が考えたことといえば、彼女が美しく健康的な容姿で、自分の居心地が悪いということばかりだった。白いドレスがあまりにぴったりしていたので、私は思い切って息も吸い込めない気がした。そしてまた彼女は、コンゴくんだりでくすぶっている若い女性にしては、まれな物腰の持ち主だった。彼女とマダム・ブートグルドは同じようにゆったりとまっすぐ優雅に立っていた。いつの日か、ガブリエルの体は母親のように気持ちのいい肥満体になるだろう、と私は思った。

私はなにも、参列者がおいおい泣いたり棺の上に身を投げ出したりすることを期待していた訳ではないが、誰もこのような緊張状態で予想される感情を示さなかった。私たちは四つのグループに分かれて、雌牛のようにおとなしく立っていた。荒々しい風景の中で、それはちっぽけな存在だった。私のシャツはすでに汗で背中に貼りついていた。

ジュスティニーン神父と棺が、第一のグループを形成していた。聖書を朗読する神父は、パパ・ブートグルドと同じくらいたくましく実際的で通俗的に見えた。だが暑さがつのる中、厚手の礼服を着ているにもかかわらず、神父は悠長に威厳をもって祈りの言葉を述べた。

ブートグルド家の人々はひとかたまりになり、アンリと私も組になった。三人からなる第四のグループもあり、その面々はジュスティニーン神父のそばの、唯一の日陰に立っていた――男一人に女二人だ。男は長めの髪にウェーブがかかり、赤らんだ顔に歯ブラシのような口髭を生やし、かっこうのよい鼻は鉤型に近い。この男がアンドレの兄、ジェローム・ドランドレノーだと知らなかったら、イギリス人とまちがえたかもしれない。あごは突き出ていても力強さは感じられず、完璧な弓形を描く眉は、人工的な対称性を感じさせる。長身で、ハンサムと言うべきだったかもしれないが、ルックスのよさに頼って生きている男特有の美貌という印象があった――たとえば、才能のない二枚目俳優のような。以前会った可能性があるとは思えなかったけれど、その顔を知っている気がした。そんな経験は何度もあったから、忘れようとしたが、既視感はぬぐえなかった。なんだろう、と私は考え続けた。

男にそぐわない印象だったのが、実用一点張りの灰褐色の木綿のドレスを着た二人の女性だ。まるで、まん中を縛ったズックの袋が二つ並んだみたいだった。そのうち一人はほっそりとして内気で優しげに見えた。だが友だちだったら困ったときに救いを求めたい、なおかつ、敵に回したくないと思うのは、もう一人のほうだ。彼女はまっすぐにしっかと立ち、そばかすだらけの腕と大きな手をお腹の前で組んでいた。髪を隠していたが、そばかすの様子から想像がついた――ごわごわした赤毛にちがいない。女性は二人とも、靴のつや出しクリームをたっぷり塗った古いサンヘルメットをかぶっていた。私はさきほどの男と同世代だろうと見当をつけていた――四十五歳か、もしかしたら五十歳までいっているかもしれない。

ジュスティニーン神父は最後の節を読み終え、男と二人の女に目を向けた。彼らは日陰から棺に向かって動き出す。パパとママ・ブートグルドも、目くばせを交わしてちょっとうなずき、前進し、ガブリエルがあとに続く。ジュスティニーン神父が棺のふたを半分ほど持ち上げると、私もブートグルド一家に続いてアンリと進むよううながされた。参列者は全員、アンドレ・ドランドレノーと最後の対面をしようとしているのだった。つまり、私も彼の顔を見る訳だ。

私は参列者たちが前を行く様子を見た。

長身のエレガントな男が先頭だ。弟の棺のかたわらで立ち止まって、下を見た。まったく表情を変えない。彼が目を上げると、ほんの一瞬私と目が合った。たしかに見たことのある顔だと思ったが、あやふやな記憶には嫌悪感も混ざっていた。彼は私の視線を避けながら、日陰に戻って静かにたたずんだ。

次に、内気そうな女がしのび足で棺に近づき、中を見ると義務感にしたがってため息をつき、立ち去った。その場で少々の演技をする義務を感じていたのは彼女一人だった。

赤毛で腕にそばかすのある女は、もっと長く立ち止まった。本当に「さよなら」と言っているように立っていた。その力強い不器量な顔になつかしむような、もの思いにふけるような表情を浮かべ、しばらくドランドレノーを見下ろしていた。それから歩き出し、木陰の男女に合流した。

パパ・ブートグルドは静かに歩み寄り、無礼な印象を受けるほど短時間しか見ないうちに歩み去った。マダム・ブートグルドは、いかにもマダム・ブートグルドらしくふるまった。ただ歩み寄り、ただ見下ろし、ただ歩み去ってパパ・ブートグルドの隣の位置についたのだ。

ガブリエルは私のすぐ前だった。棺まではたったの六、七歩だ。最後の一歩で目をつぶったのがわかった。それからすばやく顔をそむけて目を開け、歩み去った。

私はといえば、棺に近づきながら緊張した。みんなが見ているのがわかっていた。詮索めかずに関心を示し、無関心めいたり偽善的になったりせずに敬意を表することができるか心配になった。が、そんなことより、死者を見てびっくりして長く棺の横に留《とど》まりすぎないよう気にするべきだった。私は赤毛の女よりも長く立ち止まっていた。アンドレ・ドランドレノーは、見知った人間だった。

死者の身なりをととのえる葬儀屋はいなかったので、死に化粧をほどこした死者にありがちないつわりの睡眠状態には見えなかった。だが生前この男を見たことがあるのがわかった。顔はさらに疲れたように衰えているが、同じ顔だ——山型の眉、片側にねじれた鷲鼻、あごには不精髭まで生えている。誰も剃ってやらなかったからだ。ドランドレノーは、バフワリで見た絞首刑執行人《ハングマン》だった。頭が後ろにそってあごが突き出し、下側のすべすべした白い傷跡が見える。そしてようやく、なぜ木陰の男に見覚えがあるような気がしたのかわかった。死んだ弟が身づくろいして、損なわれた点が直ると、木陰の男のまっとうな容姿になるのだ。

という次第で、アンリがどんなふうに棺をのぞき込んでいるかまでは見なかった。何食わぬ顔で木陰まで十歩ほど歩いてアンリを待つのが精一杯だったのだ。あえて誰の顔も見なかった。このことが、バフワリでの出来事すべての説明になるのはわかったが、いろいろな断片を組み合わせることはできなかった。あの晩対面したアンドレ・ドランドレノーについて、みんなが語るのを避ける理由はわかった。いい話がなかったから、何も言わなかったのだ。

振り返ってみると、なんてちっぽけなパズルだったのかと思う。事実、不明だった部分はその後ほどなく解決した。長らくわからなかったのは、あの場に立っていた人々の一人が、あのときすでに何を知っていたかということ、もう一人が何を疑っていたか、ということだ——すなわち、アンドレ・ドランドレノー殺害について。私が真実を見出したときには、すでにもう一人殺されてしまっていた。

葬儀の場で私が知りたかったのは、バフワリで私から正体を隠した理由、そして私を農場から遠ざけたがった理由だった。少年たちが汗だくになって棺を赤土に掘った穴に下ろしているあいだ、私は立っている人々を見ていたが、のけものにされた気分だった。無感動から程遠い顔つきだったのは、原住民だけだ。歯を食いしばり、ゆっくりとロープを繰り出して棺を下ろしている。

「わたしは見かけとちがうの——見かけとはちがうの——見かけ通りの女じゃない」あとになって、赤毛の女性が同じ考え方を述べた。ここで私も彼女に言われたことを書き記そう。「わたしは、極力正直にしてる」彼女は言った。「でもここにいるほかの人たちについて言えば、つねに二度見るようにするの。地球上のこの土地にいる人は誰でも、二人の人間——それも、ジキルとハイドとはかぎらない。二人のジキルをかかえた人もいれば、似たような二人のハイドが隠れた人もいる。ここにくると、人は変わるの。変化を隠すために以前と変わらないようなふりをしたり、隠すために新しい人格を演じたりするけれど、彼らが何をしようと、赤道直下にいる白人が持ついつわりの顔は、コンゴの呪術師の小屋にある恐怖のお面の数よりずっと多いの。ここらの藪の中には、人を変えてしまう悪魔がひそんでいる。白人だけの国にいるときとちがって、人の本性が現れてしまうのだと思う。船に乗ると、すべてから解放されて抑圧を感じなくなって、故郷にいるときとはちがったふるまいをするのと同じこと。それとも、本質的に変わってしまうのかもしれない。ともかく、わたしはいつでも二度見るの。一度は表面だけ、次に時間をかけてその下に隠れたものをよく見るの。それからね、気をつけたほうがいいわよ」彼女は最後の一言をつけたす。「あなたにも同じことが起こるかもしれないから」

小さな変化は私にも起きた。それが私とガブリエル・ブートグルドを引き寄せたのだ。

三　ガブリエル

I

葬式が終わってから、私はジェローム・ドランドレノーと二人の女性を紹介された。ジェロームは、きょうはお相手できなくて申し訳ない、でもわかっていただけると思う、と言った。あしたなら会えるし、あなたの都合がよければ、二人で視察をしていろいろ話し合えるだろう。ブートグルド家での晩餐は楽しめるだろうし、日中困ったことがあればいつでもお手伝いするから寄ってほしい。当面はアンリがお相手する、ということだった。私は、きょうは特別何もしなくてもいいし、視察はあすでかまわない、と答えた。

アンリと一緒に農場に帰ると、アンリはとくに手助けすることがないのなら、自分は朝のうち実験所にいたい、と言い出した。それが本当なのか、私を避けたいだけなのかは判断しかねたが、私は、けっこうだ、アンリの家でぶらぶらして体を休めたい、と答えた。アンリを実験所で車から降ろし、アンリの家まで自分で運転した。「こんちは」とあいさつすると、ドードーはかよわいレディーのようにうなずいて迎えてくれたが、鷲は悪意をこめた黄色い目でにらみつけ、くちばしのあいだから小さくシューっという音を出した。

私は寝室に入って服を脱ぎ、パジャマに着替えると寝そべってタバコを吸った。タバコが終わると、本を読みたくなった。寝室には本が一冊もなかったから、小さな居間に行ってみた。そこでも本を見た記憶はなかったのだが、記憶は正しく——一冊もなかった。我が家のような家で、その点だけは雰囲気に似つかわしくなかった。ぶらぶらとベランダまで出てから、家のまわりを行くと、裏手の陽の当たる場所で、アルベールが藪に洗濯物を広げていた。アルベールは私を見ると歯を見せて笑い、ベランダまで駆け寄ってきた。「トース？　トース？」と言う。

「いいや、アルベール、もうトーストは要らない」私は言った。「本がほしいんだ」

私も彼のフランス語はよくわからなかったが、それ以上に彼もこちらの英語が理解できないようだった。そこで二人一緒に家の中に入り、私はコンゴに持っていくのにぴったりだからと誰かがくれた『オックスフォード英詩選』をスーツケースから出した。「本《リーヴル》、本《リーヴル》だよ」私は言った。

アルベールの顔はぱっと明るくなり、けらけら笑うと言った。「リーヴ、リーヴ！」それから暗い顔になり、両手を大きく広げて「ブーレイ、ブーレイ」と聞こえる言葉を発した。

私はフランス語を話す努力をあきらめ、英語で「どういう意味かわからないよ」と言った。

アルベールはパントマイムを始めた。部屋じゅうすばやく目を走らせ、ベッドサイド・テーブルにタバコとマッチの箱があるのを見つけた。マッチ箱をひっつかむと一本マッチ棒を引き出し、火をつけるまねをした。私のほうに歩いてきて、マッチの火を手で囲う仕草を見事にやってみせ、それから注意深く身をかがめ、『オックスフォード英詩選』に火をつける動きをした。

「リーヴ・ブーレイ・トゥート・ブーレイ」と言い、私が今度こそ理解したかどうか、様子をうかがう。

「本が燃えた《リーヴ・ブリュレ》!」私は叫んだ。「本が燃えた――全部の本が燃えてしまったのか?」

アルベールはまたけらけら笑い、どれだけ大きな炎が上がったか、やって見せた。炎の中に次から次へと本を投げ込み、最後に穴を掘って灰を埋めるところまでの動作をした。

本が焼かれるなどということを考えると、鳥肌が立った。しかも、本に飢えていて入手が困難な土地にいると、本を燃やすなどという行動は、恐ろしく無意味な暴力に感じられる。

私も火の中に本を投げる仕草をして、アルベールに訊いた。「ムッシュー・アンリ?」

「ウイ・ウイ」アルベールは言った。「ムッシュー・アンリ」そして一瞬アンリとなり、本を火に投げ込んで見つめるまねをした。

私はまたベッドに寝そべってタバコを吸った。鳥肌は消え、かわって当惑に襲われた。どんよりした室内でタバコの煙が渦巻いてたなびく様子を、寝転がったまま見つめた。そしてほどなく、眠ってしまった。


だるい気分で昼食のために起きた。たらいのなまぬるい水に頭を突っ込んでも、たいしてすっきりしない。新鮮なトマトと缶詰のコンビーフの食事はうまかった。アンリはさっきより社交的な態度を取ったけれど、今度は私のほうでよそよそしくふるまう理由があった。

「午後は何をしたい?」アンリは言った。「近くに温泉がある——温泉が好きならね。午後のうちに行って帰ってこられる場所といえば、温泉だけだ」

「もっと横になっていたいんです」私は言った。「いくらでも眠れる気がします。どこか、本のありそうな場所をご存知ですか?」

「ブートグルドの家には一般的なものがたくさんあるよ——古典とかそんなものだ」アンリは顔色一つ変えずに言う。「ジェロームならもっと気楽な本を持っているかもしれない。何か借りてこようか?」

「自分で行きたいんです」私は言った。「あなたは午後どうしますか?」

「もし、きみが本当に特別何もしないのなら、ぼくはもうちょっと実験所にいたい」アンリは答え、昼食が終わるとジェロームの家への道順を教えてから出かけた。

そのあたりの家はすべて、たがいに徒歩数分以内のところに建っていたが、段差と間伐された小さな藪で仕切られていた。ジェロームの家までは十分くらいだったと思う。お粗末な管理状態にもかかわらず、農場は自然の美しさに満ちていた。そこらじゅうにやる気のない原住民がいて、いいかげんに草を鎌で刈ったり下生えをなたで伐ったりしている。ジェロームの家はみっともないセメント造りだった。初めは黄色のペンキが塗られていたようなのに、ほとんどは剝げ落ち、あるいは洗い落とされている。だが造りは頑丈で、居間は垢抜けないにせよ居心地よさそうだった。ジェロームは私の訪問にとまどいながらも、愛想よく招じ入れてくれた。くしを入れていない髪に指を滑らせたところを見ると、それまで寝そべっていたようだ。礼儀にかなった会話を少し交わしたけれど、実質的には一つのことしか話さなかった。

「もし貸していただける本があれば、拝借したいのですが」と私は言った。

「どうぞどうぞ」ジェロームは言った。「お好きなものを持っていってください」ブックエンドにはさまれた三、四十冊の本を示した。「でもアンリの家で気に入った本がなかったのなら、ここでも見つからないと思いますよ。彼の蔵書のほうがずっといいから」

私は、フランスのゴシップ・コラムニストが書いた『私が出会った演劇人』を選んだ。パリの有名人に関する軽い読み物だ。アンリの家に戻ってからまた服を脱ぎ、寝そべってしばらく読んだ。だが本に集中することができず、またしても眠り込んでしまった。夜になってからアルベールに起こされ、ブートグルド家のディナーのために入浴し、まともな服装に着替えた。

Ⅱ

ブートグルドの家はいかにも予想通りだった――ジェロームの家に似ているが、もっと小さく、より醜悪だった。アンリと私が到着すると、小部屋のような居間はすでにブートグルド家の三人、内気な女性、そばかすのある赤毛の女性、そしてベルギーの自宅にもそなえているにちがいないのと同じくらいかさばる重い家具で、いっぱいになっていた。壁には槍と矢がところ狭しと飾られていたが、マダム・ブートグルドは悪魔の仮面と呪物を隠すよう、なんとかパパを説得したらしかった。

内気な女性はニューイングランド出身だった――ミス・エミリー・コリンズは、かなり昔、コネチカット州ミルフォードから出てきた宣教師だ。赤毛のほうはミス・メアリー・フィニー。一八九二年カンザス州フォートスコット生まれの医学博士で、医療宣教師だった。ぽんこつのステーションワゴンに乗って、定期的な巡回布教活動を行なっていた。アンドレが病気にかかって以来、ミス・フィニーが看護をできるよう、二人はブートグルド家に滞在していた。通常なら、コンゴ‐ルジにいるのは、月に二、三日ずつだった。ミス・フィニーが医療行為を行ない、ミス・コリンズがリンガラ語に訳した『私の冠に星があるなら』のような賛美歌を、六個のドラムの伴奏つきで教えて、原住民の精神的欠乏に対処するのだ。

アンリはしたくに手間取り、我々がブートグルド家に着いたころには、パイナップルワインのグラスを手にしたミス・コリンズとミス・フィニー以外は、全員ハイボールを飲んでいた。アンリと私がドアまで行くと、ミス・フィニーがグラスを持った手を大きく動かして、パパ・ブートグルドにこうしゃべっていた。「あらまあセザール、なぜそんなことが言えるのかしら。あなたもわたしと同じくらい、はっきり彼を見たでしょう。耳から耳まで喉を切り裂かれて、背中の肉が半分剝ぎ取られていたじゃないの」私たちが室内に入ると、こちらを見て言った。「あら、ハロー、アンリ。ハロー、ミスター・トリヴァー」それからまた、パパ・ブートグルドと口論を続ける。「医師の誓いをしていなかったら、あなたの最低なムブクには三メートルの注射針でもさわりたくない。あなた、いかれてるわよ」

マダム・ブートグルドは私たちにようこそと言い、いかにもホステスらしく椅子をすすめた。ガブリエルは笑顔でうなずき、パパ・ブートグルドはハイボールのグラスを持ってきてくれた。それから一同の仲間入りをするための、しちめんどうなやり取りがあった。ようやく落ち着くと、私は言った。「ミス・フィニー、さしつかえなければ教えていただきたいのですが。ムブクっていったいなんですか?」

「わたし、また悪口雑言吐いたかしら?」ミス・フィニーが訊いてきた。

「わかってるくせに、ミス・コリンズが言う。

「わたしが悪い言葉を使うたびに、エミリーは涙にくれるのよ」ミス・フィニーは言う。

「そんなことないわ」とエミリー。

「そんなことあるわよ」とミス・フィニーは言い、ミス・コリンズは抵抗をやめた。

アンリが割って入る。「アルベールはムブクだ。この辺じゃ有力な部族なんだ。ミス・フィニーは彼らのことは、それほど知らないでしょう」

「彼らは、コンゴで一番厄介な黒人です。いい意味で言ってるの」ミス・フィニーはアンリに言った。

「でも、アルベールは厄介じゃないですよ」私は言った。「ぼくは、アルベールが好きです」

私はミス・コリンズが気の毒になった。スカートのへりをいじくりまわして、すっかり打ちひしがれたように見える。青白いざらざらした顔に薄茶色の瞳で、まばらな髪は見たこともないような縮れ方をしている。ミス・コリンズに話しかけてみた。「ミス・コリンズ、アルベールが聖人のメダルと魔よけを同じ紐につけているのを、お認めになりますか?」

「そうですねえ」ミス・コリンズは言う。「原住民とつきあうには妥協が必要だって、いつも申してますの。相手がムブクなら、なおさらです」彼女は小さな椅子の端に、膝をぴったりくっつけ足先を離す内股のかっこうで座っていた。話しながらも、スカートを膝まで引っ張るのをやめない。「ともかく」とつけたした。「アルベールは、宗教的な理由で魔よけをぶらさげているのではありません。医学的な理由で身に着けているのです」

「もう、お願いだから、エミリー」ミス・フィニーが言った。「どうして、いいかげんアルベールにはお手上げだって認めないのよ?」それから私のほうに向く。「こんな服装だけれど、エミリーは魂の救済が仕事よ。そして、わたしは医者。わたしたちそれぞれ、人間の肉体と精神を代表しているの。この二十五年間というもの、どうしてわたしたちが殺し合わなかったのか、神様にしかわからない。でも事実よ」

「わたしはあきらめないし、そんなことはいっさい認めたくないわ」ミス・コリンズは言った。「アルベールはとても信心深い少年ですもの」

ミス・フィニーはうなる。「重い梅毒にかかってるじゃない。でも、心配することないわよ、アンリ——今朝、例の検査をしてみたけど、注射を続けていればだいじょうぶだから」

アンリはうなずいた。その晩じゅう、アンリはただ座って一同を眺めているだけだった。椅子でくつろぎ、楽しんでいるような顔はしていたが、ろくに口をきかなかった。

ミス・コリンズはお上品に神経質そうに咳をして、ほんのちょっぴり飲み物を口にすると、横のテーブルにグラスを置き、スカートのすそを引っ張った。

「エミリー」ミス・フィニーが言う。「もう一度スカートを引っ張ったら、脱いでもらうわよ。二十五年もこんな仕事をしてきたのに、梅毒の話くらいでそわそわするなんておかしいわよ。ニューイングランド的な乙女の持病としか言いようがないわね」そして、こんなつけたしをした。「そんなふうでいるなら、梅毒にかかったほうがましだわ」

ミス・コリンズは再び咳をして、意味深にガブリエルを見やった。

「あらまあ」ミス・フィニーは言った。ここまでの会話はすべて英語で行なわれていた。ミス・フィニーは次にフランス語で言った。「ガビー、わたしたちの言ったこと、わかった?」

ガブリエルは英語で答えた。「いいえ、あんまり《ノット・ヴェリー・マッチ・オブ・イット》」とても魅力的な強い訛りだった。葬式のときと同じ服を着ているようだったが、肩に布製の造花をつけ、明るい色の柔らかいベルトを締めていた。そして今夜、ドレスは上半身にぴったりしすぎてはいなかった。布地の下で胸が盛り上がり、ネックラインにそった襟ぐりの下からふくらんでいるのはわかった。極力そちらを見ないようつとめたが、それは至難の業だった。

「あなたはアルベールが好きかも知れないけれど」ミス・フィニーが言う。「でも、蚊帳から手足を出すときは気をつけたほうがいいわよ。アルベールは人肉食《カニバリズム》の習慣がなくなってから一世代しか経っていないのだから。あの種族はレイヨウを狩るのと同じように、ピグミー（男性の平均身長が特に低い人種・種族。現在では蔑称とされる）狩りをしていたの。狩る目的だってレイヨウと同じでね」

「いや」パパ・ブートグルドが言う。「同じ目的じゃないよ。スポーツであって、食用じゃなかった。美味だからという理由で人間を食うやつはいない」

「もう、わかった、わかりましたよ」ミス・フィニーが中断する。言葉そのものはぶしつけな印象だったけれど、口調はユーモラスで、温かみと友情が感じられた。「彼らは、食べたほうが食べられたほうの長所を吸収できるという発想にもとづいて、食い合うの。かつてムブクは子のできない女性にピグミー族の女の体の一部を食べさせた。ピグミーの女性は兎のごとく多産だから。さあ、これであなたもわかったかしら」

「メアリーったら」ミス・コリンズがため息をついたが、ガブリエルはといえばミス・コリンズたちにほほ笑みかけていた。

ミス・フィニーは言った。「セザール、ピグミーのシチューを食べたことある？　それ以外のものはすべて食べたと聞いたけど」

「なんでもじゃないさ」パパ・ブートグルドはまじめくさって言う。彼の目が眼鏡の奥で光り、マダム・ブートグルドははらはらしているようだった。「イナゴは食ったよ――毛虫と猿と蛇も食った」パパは言う。「でも、なんでもって訳じゃない。象の脚なんか無理だ。

がんばって食おうとしてみたがね」マダム・ブートグルドのほうは、これから最悪の事態が起こると恐れているようだった。「でもお手上げだった。ボローニャソーセージみたいな輪切りのを、揚げてあった。傷んでたんじゃなかったのかもしれないが、一切れごとに小さな穴が二つあいててね。ありゃあ、かんべんしてほしかったな、あの二つの——」

「セザール！」マダム・ブートグルドがわめく。「うちのお夕食の前には、やめて！」

ミス・コリンズはワインにむせ、あわててグラスを置くとハンカチを探した。なんとか取りつくろって「気にしないでちょうだい」と言い、ハンカチであおぐ。

「そうよ、エミリーのことなんか心配しないで」ミス・フィニーが言った。「まだ何も聞いてないじゃない。ミスター・トリヴァー、ムブクの反乱のことはご存知？」

「名前だけは」私は答えた。「バフワリ付近で起きたのでは？」

パパ・ブートグルドは困惑したようだった。「誰がそんなことを言ったのかな？」と言う。「この辺のプランテーションで起きたことですよ。ここからたった六十四キロしか離れてなかった——ここの反乱です」

「そんなの自慢にならないわよ、セザール」マダム・ブートグルドが言う。

ミス・フィニーが言う。「とても血なまぐさい話なの。ミスター・トリヴァーに教えてあげる。わたしなら、けちな小男のデュクレルクに起きた事件なんか、ぜんぜんなんとも思わない。ねえ、ミスター・トリヴァー、いったいファーストネームはなんなの？」

「フーパーです」

「そう。嫌味なちびのデュクレルクっていうのは副行政官で、原住民たちが道路税を労働で払い終わってからも――農園に引き留めてただ働きさせたの」

「そして、銃と鞭でおどして言うことをきかせたんだ、それは覚えておきたまえ」パパ・ブートグルドが口をはさむ。

「そうね、銃と鞭でおどして言うことを聞かせたの。原住民の側にはおおいに言い分があると思う」ミス・フィニーはゆずる。「でも、警備にキトゥシス族を雇ったのは、デュクレルクの大きなまちがいだった」

パパ・ブートグルドがまた中断する。「キトゥシス族はいつでもムブクと戦っていた」突然、学校の先生のような口調になる。「だが昔も、ムブクがキトゥシスを食べることはなかった。自分たちより劣った部族だと考えていたからだ。だが、デュクレルクが雇ったのは――」

「わたしが始めた話よ」ミス・フィニーがまた割って入る。「あなたが原住民の歴史と習慣に通じていることはわかってるわ、セザール。でも、わたしは残酷な部分を説明したいの。フーピーは旅行者だもの」

パパ・ブートグルドは肩をすくめ、アルコール摂取に専念することにした。

「さてと」ミス・フィニーは明らかにおもしろがっている様子で言う。「あれは、このあたりで最高に刺激的な事件だったわ。三人のムブクがキトゥシス族をばらし、デュクレルクまで始末しました。愚劣にもキトゥシス族を雇ったりしなければ、あんな目に遭わずにすんだのに。この辺じゃ白人はまだ神に準ずる存在なの。でも、キトゥシスと組んだら話は別になる。彼らはデュクレルクを家から引きずり出して喉を掻き切り、背中の肉を三カ所剝ぎ取ったの。わたしが思うには」ミス・フィニーは言った。「まず、喉を切ったのよ。肉を食べたのはわかってるわ」

マダム・ブートグルドが小声でぐちった。「わたしのお夕食が」

「それで全部よ」ミス・フィニーが言った。「旅行者にとってはおもしろい話だし、正真正銘実話なの。当局はムブクの一人を生け捕りにして、農場で吊るし首にしたわ」

アンドレ・ドランドレノーが絞首刑の話をしたとき、場所がバフワリだと言い張ったのはなぜだろう、と私は思った。だがこう質問するに留《とど》めた。「誰が刑を執行したのですか？」

パパ・ブートグルドは言った。「ぼくは依頼されたけど、とてもやる気にはなれなかった。ムッシュー・ドランドレノーが名乗りを上げたよ」

マダム・ブートグルドが情けない声を出す。「まだ食欲のある方はいらっしゃる？　パームオイル・チョップ（パーム油を用いた西アフリカの肉料理）を用意したのだけれど」

絞首刑の話を聞かされたってパームオイル・チョップを食べることはできるし、食事は楽しかった。これはかたいコンゴの鶏を、パーム油と赤唐辛子とヤシの実のジュースでとろとろになるまで煮込んだ料理だ。つけあわせは、レモンピールと栗の砂糖漬け、熟したオリーブ、シナモンスティック、桃の酢漬けその他思いつくものならなんでもいいのだ。

私はガブリエルを食堂にエスコートした。マダム・ブートグルドは私たち二人を並んで座らせ、その向かいはミス・フィニー、アンリ、ミス・コリンズとした。

「とてもきれいなドレスですね」私は腰を下ろしながらガブリエルに言った。

「気に入っていただけたのなら、嬉しいわ」ガブリエルは言った。「今朝と同じドレスなの。花とベルトをつけたしただけ」

誰もが、着席する際の会話をしていた。束の間、ガブリエルと私は二人だけの世界に入ってしゃべっていた。「それに、ちょっとゆるめたのよ」ガブリエルはちょっと笑みを浮かべて言う。「——お気づきの通り」

いきなりとまどわせるようなことを言ったので、私はばかみたいにどもってしまった。

彼女はこちらに主導権を握らせるようなタイプには見えなかったが、その言い方は仕返しのようには聞こえなかった。彼女は「退散」というふうに私から視線をそらし、ナプキンを手に取った。それを膝に広げながら、テーブル越しにアンリにほほ笑みかける。

「また会えて嬉しいわ、アンリ」彼女は言った。「ドードーは元気？」

食事のあいだじゅう、ガブリエルはこの調子でおとなしやかにしていたが、私は別のものにも気がついた。テーブルの陰で、彼女はナプキンを握りしめたり、指に巻きつけたりしていたのだ。しばらくそれをやめるのだが、やがてまたその動作を始め、しまいにナプキンが湿ってくしゃくしゃになるまでひねったり握ったりを続けていた。

III

翌朝アンリに、プランテーションの管理センターと実験所になっている建物に連れて行かれた。ジェローム・ドランドレノーがまだきていなかったので、アンリは実験所に戻って仕事をした。ガブリエルがタイプライターに向かっており、コスターマンズヴィルからの帰り道に郵便集配車《ポスト》が運んできた手紙を手渡してきた。手紙は、レオポルドヴィルで我々の任務の長となっているトミー・スラタリーからの長い指示だった。内容は決まりきったものに思えたが、最後にトミー直筆の走り書きがあり、私はじっくり目を通した。

「追伸――七月四日の宴会は大成功だった。あらゆる人間が、総督閣下までが出席した。誰かが、たまたま町にきていたマダム・ドランドレノーという女性も、連れてきた。すごく色っぽい女だ！　タイミングが悪かったな、フープ。きみがそちらで、彼女がこちらとは。

T

さらに追伸――きみは結局、彼女に会うだろう。誰かが病気になったとかで、コンゴールジに戻ろうとしている。色っぽい女のおでましと言うわけだ。だが、きみは仕事できていることを忘れるなよ」

トミー・スラタリーは「色っぽい女」に関して完璧な嗅覚を持っていた。私の女性の好みは必ずしも彼と一致しなかったが、一つ確実に言えるのは、そのマダム・ドランドレノーなる女性は、やすやすと口説ける相手だとトミーが直感していることだった。

私は手紙をたたむとポケットにしまい、ガブリエルに言った。「ここで働いているとは知らなかったよ」

「手伝っているだけよ」ガブリエルは言った。まだ朝の空気はすがすがしく心地よく、ガブリエルは清涼そのものだった。まだ仕事にとりかかっておらず――ただ座って、窓から入ってくるそよ風がその髪をちょっと揺らしていた。

「ガブリエル」私は言った。「きみはすごい美人だな」

「嬉しいわ、もし――」彼女は言いかけたが、途中でやめて、ただ「ありがとう」と言った。

「なんて呼んだらいいのかしら?」彼女が訊いてきた。「とてもおかしな名前なんだもの」

「フープでいい」

「ウープ」彼女は繰り返した。「それもおかしいわ！」

「きみの言い方だとおかしいね。でも、ぼくは気に入ってるんだ」

「ウープって呼ぶことにするわ。おかけなさいよ」彼女はかたわらの机の上を叩いたので、私はそこに座った。

「ガブリエル――」

「たいていの人はガビーって呼ぶわ」

「ぼくはいやだ。ガビー・デイリースとか、なんかきみじゃないみたいに聞こえるよ。ぼくは〝ガブリエル〟がいいな」

「じゃあ、ガブリエルでいいわ。何を言おうとしてたの？」

「もしここがアメリカなら、映画かダンスに誘いたいところだって言おうとしてたんだ」

「まあ、そんなことができたら嬉しいのに！」彼女は叫ぶ。「ここは――！」それから気を落ち着かせ、いつもの静かな言い方になった。「アメリカの女の子は楽しく暮らしているんでしょうね。みんなきれいだし、脚のかっこうはいいし、すてきな洋服はあるし、好きなことができるのよね」

ガブリエルだって見事な脚の持ち主だった。「ここでは、何ができるかな？」私は訊いた。

「ほかの人間とはしなくてもいいことでさ」

「何も」彼女は言う。

「なら、デートのチャンスもないのかい？」私は「デート」のフランス語を知らなかったので、英語で「デート」と言った。

「〝デート〟？　〝デート〟って何？」

私が説明してやると、ガブリエルは「その言葉がこちらになくても不思議はないわね。そ、い、ん、な習慣ないんだもの。たとえ婚約していたって、ママかパパがついてくるわ」

「じゃあ」私は言った。「どうしたらいいのかな？」

「何も」とガブリエル。「何もできないのよ」

「残念だな」

「とても残念よ」ガブリエルは言った。「一度でいいからデートしてみたい」

彼女は立ち上がり、窓辺に寄って外を見た。窓の外には美しい青空が広がり、真珠のような丸い雲が重なって見える。山々が見える。けばけばしいユーカリノキが風変わりな花を咲かせている。

「あら、ジェロームがきたわ」とガブリエルが言って、私のほうに振り返る。窓を背にしているので、光を受けた形になった。私はバフワリの散らかったベッドルームにいた女性を思い出したが、あれがガブリエルだったはずはない。ガブリエルは笑顔を引っこめ、こう言った。「アメリカの女の子みたいに、一度でいいからデートできたら！　ねえ、ウープ――マドモワゼル・フィニーがなんて言ってるか知ってる？」しばし言葉を探しあぐねていたが、魅力的なアクセントの英語で言った。「ミス・フィニーなら、ろくでもない場所《エル・オブ・ア・プレイス》って言うわ。ウープ、ウープ。そうなのよ。ここはエル・オブ・ア・プレイスなのよ。まったくエル・オブ・ア・プレイスなのよ」

荒野の空気に一瞬の甘い香り、と私は思った。だが訊きたいことがあった。

「ジェロームがここにくる前に訊きたいんだけど」と私は切り出した。「マダム・ドランドレノーという女性はいる？」

「ええ――ジャクリーヌがいるけれど」

「どういう人なのかな」私は訊く。「母親なのか、妻なのか、それとも未亡人？」

「ジェロームの奥さんよ」とガブリエル。「なぜそんなこと訊くの？　彼女は――ああ、レオポルドヴィルで会ったのね。そのうち帰ってくるんじゃないかしら――とても気に入ったの？」

「彼女のことは知らないんだよ」私は言った。

「では、なぜそんなに気になるの？」

「べつに気になる訳じゃないさ」

「彼女について訊いたじゃない」

「ただ、どんな人か知りたいだけだよ」と私。

ガブリエルが口を開いたちょうどそのとき、ジェロームがドアから入ってきた。私はガブリエルに言った。「デートの件は残念だ」

「ア・エル・オブ・ア・プレイス」彼女はささやいてから、大きな声で言った。「ボンジュール、ジェローム」

Ⅳ

ジェローム、アンリ、パパ・ブートグルドが朝のうちにプランテーションじゅうを案内してくれた。私の感想は、トミー・スラタリーに書いた手紙に集約される。

親愛なるトミー

僕は窮地に陥った気分だが、どうしようもない。ここの人たちは皆よくしてくれるので、こんな内容の報告書を提出するのは断腸の思いだ。プランテーションが繁栄していた時代の名残はそこかしこに見られるが、再建可能な状態ではない。ムッシュー・ブートグルドがいっさいの責任を負っている。彼が見せてくれた新しい苗床（何か目的があるとすれば、除虫菊の改良だ）は趣味としてはすばらしいものの、仕事にはまったく役に立たないしろものだ。古いシンコナの木（アカネ科の植物。マラリアの治療等に用いられるキニーネが樹皮から精製される）があり、十五年前始まったキニーネ計画の基礎となるものだったかもしれないが――ここでのあらゆるもの同様、まったくだめになっている。除虫菊の価格高騰以来、彼らは必死に取り組んできたようだが、平均的な生産水準に達したにすぎない。

もっといい結果を出せたかもしれないのに、なんとも残念だ。運営は最悪か、または存在しないも同然だった。実験所の技術者で総補佐をつとめるアンリ・ドビュックはいいやつのように見えるが、何か訳があって五年前よいスタートを切ったのち、仕事をあきらめてしまっている。

この不振の最大の責任は、我々が連絡を取り合ったアンドレ・ドランドレノーにある。ぼくがここにきたときには、彼は亡くなっていた——アメーバ赤痢だ。貴殿がレタスを食べる前には、以前にも言ったように過マンガン塩酸で消毒してほしい。二年前、アンドレの兄ジェロームが、なんとか会社の倒産を食い止めることはできないかと見にきた。彼らはバフワリのあちこちにプランテーションを所有していたが、それを失ったらしい。ジェロームは租借地を稼動させ、農場の実験用地を商売用にしようとやってきたのだ。ジェロームは事実上のリーダーだ。アンドレは農場とこの地域のおおかたの租借地の管理者だった。プランテーションの所有者たちは、契約が切れるとすみやかに脱出していく。端的に言って、コンゴ - ルジは転落の一途をたどっている。

あとでこのことを正式な報告書にまとめるつもりだが、事前に知らせておこうと思ったのだ。貴殿の手紙は受け取った――「追伸」も含めて。朝のうちにここを発つことにしたから、貴殿の言う「色っぽいマダム」がきょう着かなかったら、僕はお目にかかれない訳だ（彼女はジェロームの女房だ）。貴殿の言い方からすると、彼女はスラタリー博士のお気に入りの妙薬のようだな。彼女がよほどの女性でなければ、ガブリエルという魅力的な娘の前では色あせると思う。荒野で美をむなしくして生きている女性だ。十四歳をすぎた全女性に対する貴殿の意見は知っているが、この娘は絶対にいい子だ。

午前はほとんどプランテーションを見て回った。戻ってみると、ミス・フィニーがガブリエルと一緒に事務所で待っていた。

「アンリ」ミス・フィニーが言う。「アンドレの培養菌はどこ?」

「またあれを見たいんですか?」アンリが訊く。「実験所にありますよ」

「何百とあるじゃないの。あなたの散らかした中では、見つけられないのよ」

アンリは言った。「お見せしますよ。でも、あれってアメーバですよ」

「アメーバということはわかってる。それでも、見てみたいの」ミス・フィニーは言い張る。「見るのが好きだから。ほかにおもしろいものある?」

「たいしてありません」とアンリ。「あなたが持ち込んだ、キクラゲの塗布標本は準備できてます。それも興味がおありなら、どうぞ」

「アンリって最高」ミス・フィニーが私に言った。「なんでもできるの。培養はすべて彼がやってるし、すばらしいスライドも作ったわ。ただ、もっといい顕微鏡があればね。アンリ、この前持ってきた腫瘍の薄片は採れた？」

「もしアンリが『なんでもできる』のだったら」いきなりパパ・ブートグルドが言った。「何もしないでいるのは残念だな」

アンリはほほ笑むだけだった。「もしご用がないのなら、ジェローム」と言う。「ミス・フィニーを実験所にお連れします」

「ぼくも失礼しますよ」パパ・ブートグルドが言った。「ムッシュー・トリヴァー、申し訳ない。もっといい状態をお見せできなくて」私はまだ何も言っていなかったのだが、パパ・ブートグルドは自分をごまかすことはなかった。そして不機嫌だった。

「ガブリエル」彼は言った。「一緒にくるか？」

「ちょっと用事をかたづけてしまいたいの」ガブリエルは言ったが、タイプライターには何もなかった。「すぐに行くわ」

パパ・ブートグルドはさよならと言って、立ち去った。ジェロームと私は事務所に入ってドアを閉めた。部屋に入る直前、私はガブリエルを見た。ガブリエルは、しごくご満悦の様子で私を見ていた。何か言うために待っているのがわかった。

V

ジェローム・ドランドレノーは机の向こうの椅子に、優雅に身を沈め、鉛筆をもてあそび始めた。手元を見ながら、ゆっくりと回す。鉛筆に目を落とし、唇を少しすぼめた。歯ブラシのような口髭が逆立つ。それからため息をつくと、かちゃっと音を立てて鉛筆を放り、言った。

「で、ミスター・トリヴァー、あれが我々の小さなプランテーションです。あなたの考えは、こちらにとってありがたくないものでしょうな」

「言い逃れはしません」私は言った。「我々のプログラムは緊急用のものです。あなたのプランテーションはそれに該当しません。プログラムを発動してもお助けすることはできないでしょう」

「ああ」ジェロームは言った。「該当しないだろうね」

彼はまた鉛筆を拾っていじくり出した。のろのろ回転させながら、その動きを追う。訳もなく、私は犬になった気分だった。

「もちろん」私は言った。「当方に余力があれば、こちらのプログラムでコンゴ - ルジを救うチャンスはわずかにあります――除虫菊については。でも、すべては逼迫《ひっぱく》しており――」

ジェロームはまたしても鉛筆を置き、ためらいがちにこちらを見て言った。「いやいや、ミスター・トリヴァー。失敗したという事実は認めます。コンゴ - ルジはここ数年、衰退する一方でした。残されたものを救うためにわたしはきたのですが、ベルギーでの経験は微々たるものでした。結局プランテーションを食いつぶしましたよ。もちろん、弟のアンドレが――だが、それは言わぬが花でしょう。父が亡くなってようやく、わたしは真剣に考えるようになりました」

「でも、緊急プログラムがからむかどうかが、コンゴ - ルジ社の生死にかかわる訳ではありません」私は言った。

「それはそうです」ジェロームは言った。「弱小会社としてなら生き残っていけます。だがわたしは、残りの人生ずっとこの会社を稼動させなければいけない。かつてのように、管理人を雇ってベルギーでそのあがりで暮らす訳にはいかないのです。新しいプログラムに頼ってやっていけるのではないかと、実現の見込みもないのに願っていたのです。まあ」彼は無理に笑顔を作って言った。「それはあなたをわずらわせることではないし、その話はやめましょう。ところで、お越しいただいて我々は嬉しいですよ」

私は、翌日出発したい旨を述べた。

「いやあ、それはいけない」彼は言った。「家内があすかあさってには帰りますよ。家内が戻る前にアメリカの方を帰してしまったと知れたら、けっしてわたしを許さないでしょう。〝アメリカ〟というのは魔法の言葉なのです。かわいそうなジャクリーヌ、何もかも、我々がもうかっていたかつての日々と同じになると信じていたんです」

「申し訳ありません」

「あなたのせいじゃない。アンリと一緒に、うちで夕食をいかがです？　ほかの面々もきますよ」

私はアンリの分も約束して、退室するために立ち上がった。ジェロームも立ち上がり、懐中時計を出した。時計の鎖はコンゴの一フラン貨でできていた。

「おや」私は言った。「その鎖についているのは、なんですか？」

「贈り物です」彼は言い、私に時計を手渡した。「陰気な贈り物ですがね。実を言うと、これはわたしが人を縛り首にした料金ですよ。一フランでね」

私の顔に驚きが表れたにちがいない。

「ただの原住民でした」彼は言った。「それでも、わたしは男を縛り首にしたと言うことができる。それを合法的なものにするために、当局はこの一フランを支払ったのです」

「ああ、そうですか」私は言った。「ムブクの反乱ですね。皆さんが、ブートグルド家で話題にしていました」そして思い出そうとした。彼らはムッシュー・ドランドレノーが刑を執行したと言ったが、アンドレともジェロームとも言っていなかった。

「では、すべてご存知という訳か」彼は言った。「わたしがここにきたのは、副行政官が我々のプランテーションで働いていたからです。役人連中はその役目にしりごみして——だから、彼らの代わりにわたしがやったわけです」

私は懐中時計を返した。一瞬、彼は露骨な喜びの表情を浮かべてそれを見つめ、ポケットに滑り込ませた。

「ロープを絞首刑縛りに結ぶこともできるでしょうね」私はそれとなく言った。

「ああ、できますよ」彼は嬉しそうに言った。「まだロープは持っています。ジャクリーヌが家に置かせてくれませんがね。バフワリにあるんですよ——アンドレにやって、そこにある我々の家で、ほかのものと一緒にしまわせてあります。ナイフのコレクションもなかなかのものですよ。でも、それもジャクリーヌが家に置くのはいやだと言うんです。これは、お気に召しますかな?」

彼は引き出しを開け、私の割礼用ナイフを取り出した。それは記憶以上にすばらしく見えた。

私は手に取り、感心したようにためつすがめつしてみせた。ナイフを返し、「そうですね――」と言いかける。

「じゃ、とりあえずさよなら」ジェロームがさえぎった。「また今夜」

今のやり取りが何を意味するものだったか考えるのに頭がいっぱいだったので、事務所でガブリエルの机を通りすぎてしまった。

「ウープ！」彼女が呼び止めた。

私は机まで戻り、「何かあったの？」と訊いた。

「あなた、わたしにデートを申し込んだの？」

「できるなら、そうしたいと言ったんだ。いいのかい？　今、申し込むよ。デートしてくれる？」

「もちろんよ」ガブリエルは言った。あんな魅力的な笑顔にはめったにお目にかかれない。

「いつなら都合がいい？」私は訊いた。

「それはもう、今夜よ！」彼女は言った。

「でも、ぼくはジェロームとディナーの約束がある。どうやって――」

「わたしだってそうよ」とガブリエル。「そのあとよ。夕食がすんだあとで」

「ひゃあ」私は言った。「さっそくアメリカ流をマスターしたね。夜更けのデート《レイト》だ」

「レイトデート」ガブリエルは練習でもするように繰り返す。「ほら、受け取ってちょうだい」と封筒を差し出した。「今は開けないで」と彼女は言う。「それから、アンリに見せないでね。まだ実験所でミス・フィニーと一緒よ。アンリには、いっさい知られたくないの。ほかの人にも。さあ、もう行って」

部屋から出ると、私は封を破って開けた。彼女は農場の小さな地図を描き、一ヶ所に×印をつけ、小さな矢印でそこへの行き方を示していた。

私はドアに頭を打ちつけた。「どうやって、アンリを撒けばいいんだ？」

「自分でなんとかしなさいよ」ガブリエルの声が返ってくる。「わたし一人で、すべての手はずをととのえることはできないわ」

VI

実験所でミス・フィニーといるアンリのところへは行かないことに決め、私は一人でアンリの家に向かった。じっくり考えてみると、バフワリで何が起きたのかが見えてきた。本当の絞首刑執行人《ハングマン》がジェロームだとした場合の話は、こうだ。

自転車に乗った男が最初に私に近寄ってきたとき、こちらにはわかりかねるフランス語をべらべらしゃべり、握手を求めてきた。彼は名を名乗り、私はそれを聞き漏らしたのだろう。そしてこちらが自己紹介したときには、書中の「トリヴァー」から想像していた発音のかわりに「トリヴェル」かなんかに聞こえたのだ。そして、絞首刑のことで大風呂敷を広げ、ジェロームの話しぶりをそっくりまねたのだ。すでに冒険談をねたに自分を理想化してしまったあとで、私の正体を知り、コンゴ‐ルジに行けば、たとえそこでアンドレが隠れようとも、私がジェロームに会うことがわかった。絞首刑の話はどうしたって出るだろうし、その件で言い逃れをするのは無理だ。アンドレは気まずい立場になる。彼はささいな気まずさから免れるために、コンゴ - ルジが政府の救済を受ける可能性を捨てたのだ。だから私の視察訪問をさまたげようとした。

口笛と、誰かが駆けてくる足音が聞こえた。アンリだった。私が立ち止まると、彼は少々息を切らして追いついてきた。

「ミス・フィニーの用事はすんだのですか?」私は訊いた。

「彼女、狂ってるよ」アンリは言う。二人とも歩き出した。「アンドレの例の菌をもう一度見たいって言うんだ。で、ぼくの古いスライドを全部たしかめて、まあそれだって全部暗記してるのに、スライドについてあらゆる質問を浴びせかけてきたよ」

「彼女、いい人じゃないですか」私は言った。「ぼくは好きですよ。だけど、ミス・コリンズとはちぐはぐなコンビですね」

「ミス・コリンズを過小評価しちゃいけない」アンリは言った。「おとなしそうに見えるけど、怒れる水牛のような決意の持ち主なんだ」

「よほどの人物でなかったら、ミス・フィニーがしじゅう一緒にいるはずはありませんね」私は言った。「忘れてた――ジェロームがディナーに招待してくれましたよ」

アンリは立ち止まって私のほうを見た。「ぼくも?」と言った。

「そうです。ついさっき、あなたにも伝えるよう言われたばかりです」

「ふーん、なるほどね」アンリは笑った。「きみは、ぼくの社交生活にとって貴重な存在だな。二年ばかり、ジェロームの家には一歩も足を踏み入れてないよ」

「一つぐらい教えていただきたいんだけど」私は言った。「きのうの朝ぼくを遠ざけた理由ですがね、これ以上あいまいにしておきたくないんですが」

「最初の晩、ぼくはしゃべりすぎた」アンリは言った。「これは誰に訊いても同じだよ。ぼくはジェロームの奥さんと折り合いが悪いんだ。最悪だ。こんな小さな農場では、誰もがディナーの招待客リストをリスボンの国際交渉名簿かなんかのように注意深く見なくちゃいけない。もしジャクリーヌがどこかに行くなら、ぼくが同席しないようにほかの人間が気をつける。逆もまた言える。気楽な生活とはいかないが、各自やるべきことがある訳だ」

「あなた方のあいだに、何があったのですか?」私は訊いた。

知るもんか、というふうに彼は両手を広げた。「説明できるものなら、答えたいよ」と言う。「ジャクリーヌが、ぼくがそばにいるといやがるだけだ。ぼくのほうじゃ、気にしないのに。彼女がきたばかりのころは、うまくつきあってた——しょっちゅう会ってたし、彼女の家もよくたずねたよ。誓って彼女に嫌われるようなことはしなかったんだが、突然彼女はそっけなくなって——ぼくには、どういうことかさっぱりわからない。説明してくれたことはないし、少なくともぼくの耳には入ってこない。でも、彼女はなぜか、かたくなな態度だ。

偶然出会っても、ろくに口をきいてくれない」

「彼女の外見は？」

「ああ、小柄でスタイル抜群だよ。きみなら美人と思わないだろうね。アメリカ風の美人じゃない。歳は三十五前後。すこぶるフランス風だ。彼女、フランス人なんだ、ベルギー人じゃなくて。きみにとって美人じゃないだろうと思う理由の一つはそれだ。ジェロームと結婚したころは、コメディー・フランセーズ（パリにあるフランスの国立劇場および所属劇団）で代役みたいなことをしていた。たかだか七、八年前のことだ。たぶん――」アンリは口をつぐんだ。

「続けてくださいよ。たぶん、なんです？」

「たぶん、成功の見込みはないと思ったんだろう。もう二十八になっていた。だから結婚した。ジェロームと知り合って幸運だったんだよ。金はたっぷり持ってたし――まあ、そのころは、だけど。彼は家柄もいいし、男側から望まれた結婚だった。それ以前にも恋人はいたし、それも行きずりの恋なんてのじゃなくて、パトロンと言ってもいいような相手だった。彼女はたいがいは次々と男を乗り換えていたのだが、ジェロームは彼女にまいってしまった。のぼせあがってた。彼女に一生安全と金を保証する気になったらしい」

「皆さんご存知なんですか？」私は訊いた。「マダム・ブートグルドはとても保守的な人に見えます。ひと悶着あったのではないですか？」

「誰でも知ってるからこそ、きみに話したんだよ」アンリは言った。「ジャクリーヌの立場が下だったら、アンジェリク・ブートグルドはつかみかかってずたずたにしただろう。だがジャクリーヌは下じゃない——ブートグルドに関するかぎり、ジャクリーヌは優位に立っている。彼女は上司の妻だ。さあ、着いた」

私たちはアンリの家に通じる道を下った。庭の端の鷲の檻が見えた。

「まだあの鷲の鳴き声を聞かせてもらってないですよ」私は言った。

「今やってみせるよ。アルベールが生肉を用意していればね」アンリが言った。

「話題を変える気はありませんよ」私は言った。「ジャクリーヌの話を続けてください」

「ああ、ブートグルドにとっては彼女が優位だったと言ったんだ。だが彼女自身について言えば、ずいぶん落ちぶれたよ。ああいうタイプは、きれいな衣装と男の注目を浴びる以外に興味がないんだ。コンゴ - ルジが落ち目になり始めたころ、ジェロームは彼女をヨーロッパから呼び寄せた。夫妻は、ジェロームが農場を点検するのに二、三カ月くらいしかかからないと思ったし、ジャクリーヌは映画みたいなサファリの暮らしを夢見たんだろう——爪の手入れに明け暮れるような暮らしをさ。ところが二人はここから出られない。第一に帰国するだけの金がないし、第二に戦争中だからだ。レオポルドヴィルが天国に思えるくらい、彼女は落ちぶれてしまったよ。それが現在の彼女の状況だ。わかってくれたかな」

「そのうち戻るらしいですよ」と私は言った。

「そうかい？　ぼくは聞いてないな」無関心をよそおっていたが、それが本心かどうか疑わしかった。

「もう一つ訊きたかったことがあります」私は言った。「あなたに話す気があるうちに。ジェローム は本当に絞首刑を執行したのですか？」

「もちろんだよ」アンリは心《しん》から驚いた様子で言った。「ぼくはその場にいたんだ。なぜ、そんなことを訊くのかい？」

「ちょっと似合わないと思ったからです。彼はいい人だけれど、人を縛り首にするような度胸があるようには見えないでしょう」

「そうだね」アンリは言った。「彼は優柔不断で気まぐれだ。ぼくもジェロームは好きだし、コンゴ‐ルジの再建に尽くす勇気には感服する。でも、彼は自分を長く甘やかしすぎたんだ」

「では、どうやって人を吊るしたんですか？」私は訊いた。「誰もやりたがらないのに、彼はやった。それはなんらかの強さの証拠ではないですか？」

「そうとはかぎらんさ」とアンリ。「弱さの一種かもしれないだろ。絞首台の踏み台を落とすなんて、簡単だ。ほかの人間が台を用意し、ロープに結び目を作り、罪人の頭をその中に押し込む。ジェロームは、突っ立ったまま、誰かに手渡されたハンマーで木の留め具をぶん殴ればよかった。ひとかどの男だということを自他ともに認めさせるには、安易な方法だと思うな。自分はいっさい危険な目に遭わないんだから。利己的で弱くて、それなのに強さを証明したかったら、すでに他人が死を宣告したあわれな黒人の踏み台をはずす以上に簡単なことがあるかね？　人がいやがる絞首刑を実行したのは、ジェロームの長所ゆえではない。彼に欠けていたもののせいだ」アンリはいらついたように、かなり怒ったように話した。少し間を置いてから言った。「ぼくが根っからシニカルなのかもしれないが」

「そんなことないですよ」私は言った。「恋人ができたり今の状況が変わったりしたら、気分が変わりますよ」

「それだけかい？」アンリは言った。私は、彼の立場では一番どうにもならないことを挙げてしまったと気づいた。

だが、いきなりガブリエルの姿が浮かんできた。アンリからは十分聞いた。私は、なぜあんなに近くにいて好条件もそろっているのに、彼女と婚礼の床に着かなかったのかをたずねなかった。

私たちは小さな庭に入った。

「まあ」とアンリは言った。「ぼくには、いつでもドードーがいる。ジャクリーヌが好いてくれなくったって、ドードーはぼくを大好きだ」小さなレイヨウは柵に鼻づらをこすりつけ、私たちは耳の後ろを掻いてやった。レイヨウは嬉しそうに鼻を鳴らし、鼻先で柵をちょっと突いたが、私たちがベランダに上がってしまうと、くるりと向きを変えてえさ箱のニンジンやレタスの葉を食べ始めた。

いつも通り歯をむき出しながら、アルベールが出てきた。ベランダにテーブルを用意し、独特の風変わりな言葉でアンリに何事かしゃべった。私にわかったのは、「ジュスティニーン神父」らしき言葉だけだった。

アンリは私のほうを見て言った。「引越しだよ。今朝ジュスティニーン神父が出発したから、みんなはきみをゲストハウスに迎えるつもりだ。アルベールがきみのために荷造りしていいかと訊いている。本音は、きみの所持品を調べる口実がほしいのさ」

「かまいませんよ」私は言った。「でも、あまり気がすすまないなあ――あなたにベッドをお返しできるのはいいけれど」そのとき、これでもうアンリの目をくらましてガブリエルのところへ行くめんどうはないのだと気がついた。

「あっちのほうが、居心地がいいよ」アンリは言った。「ボーイが二人いるから、風呂を沸かしたり、いろいろやってくれる。夕食のあいだに、アルベールに荷物を運ばせるよ。彼にとっては村に帰りがてらだ」

「生肉のことを訊いてみてください」私は言った。

アルベールは肉片を持ってきた。戸外に出たアンリが肉を金網に近づけると、鷲は羽冠を上げ、喉がちぎれるかと思うようなすさまじい鳴き声を発した。アンリが金網越しに、ほこりっぽい檻の床に肉を放った。鷲はさっと飛びつき、黄色の爪でつかみ、くちばしで裂いた。首を痛そうにひねり、肉を一口で飲み込んだ。

「生きた兎をやったこともある」アンリは言った。彼は立ったまま、鷲が肉をずたずたにするさまを眺めた。最後の一切れがなくなるまで、鳥から目を離さなかった。鷲が檻の底でよたよた歩き回るあいだに、首をひねる動きもおさまった。アンリはちょっと肩をすくめ、私のほうを見た。

「やつは、殺す前にすでに食い始めていた」とつけたし、私たちは屋内に入って昼食の席に着いた。私はすっかり食欲をなくしていた。

Ⅶ

　前の晩、マダム・ブートグルドがふるまってくれたすばらしい夕食と比較しなかったとしても、ジェロームの家で出た食事がまずいことに変わりはなかったろう。よき欧風料理もどきだったが、美点といえばただ一つ――ヨーロッパ流の生活をそのままコンゴに持ってきたらどうなるか、をまざまざと示したということだ。食事のあいだじゅう、私はバフワリの家にあった通気口のない暖炉のことが頭から離れなかった。私たちはテーブルを囲んで料理をむしゃむしゃやりながら、またヨーロッパ風の食事ができて嬉しい、まるでブリュッセルにいるようだ、と話し合った。

　ガブリエルは私の向かいに座っていた。膝に載せた手でナプキンをどうしていようとも、テーブルより上では物静かで泰然としていた。食事が終わり、ミス・フィニーがあくびを始め、あすの朝早いのだと言い出したのを聞いて私はほっとした。彼女はあいかわらずジェロームの家に滞在していた。アンドレが病気になって以来ずっとだ。ミス・コリンズはブートグルド家だ。そのためミス・フィニーはホステスのような立場になっていた。来客たちがぱっと立ち上がってもう帰らなくちゃという様子を見て、ジェロームは皆逃げ出したがっていたことに気づいたにちがいない。だが彼は優雅に対応し、私たちをドアまで見送り、ゆっくりできなくて残念だとおざなりに言った。

ブートグルド家の三人とミス・コリンズは家路に着き、アンリは私と一緒にゲストハウスに向かった。レンガ造りで部屋が一つとバスルームらしきものがあり、私はいたく気に入った。荷物は、アルベールがじょうずに紐を解いてテーブルに広げてあった。アンリはタバコを一本吸い、長居するのではないかと私は恐れたが、彼は火を揉み消すとおやすみと言い、出て行った。アンリが家に着くのは十五分後だろうと予想し、私はもらった地図を手に出発した。

小道は月に煌々と照らされていた。道は農場の建物の裏手をめぐり、小さな藪をいくつも通り抜けていた。藪は真っ暗で、青みをおびた光のもとでさらさらと葉ずれの音を立てていた。ガブリエルの地図の×印は、低地を見下ろす崖のような場所にある小さな草地についていた。崖の向こうは真っ暗闇で、背後は藪の堅牢な壁だ。彼女はいなかった。何も見えないそのあたりを見回したが、谷になっていることだけはわかった。野火が切れ切れに現れたが、それはかなた下方のことで、ゆらゆらと不規則な形を描きながら闇に消えていくようだった。

「ハロー」

ガブリエルが後ろの藪から出てきた。藪はあまりに密で、蛇でなければ通り抜けるのは不可能かと思うほどだ。

ガブリエルが私の横に並び、しばらく二人で火を眺めて立っていた。「火は、原住民がつけたのよ」彼女は言った。「獲物を追い込んで、火は自然に消えるまで放っておくの。それほど燃え広がることはないわ。藪の手前まで行くけれど、藪を燃やすことなんてできやしない」

「あのからまりあった枝のあいだを、どうやって通り抜けたんだい?」私は訊いた。

「抜け道があるの。あなたは迷子になりそうだから、地図には回り道を描いたのよ。わたしはそういう道を全部知ってるし、目隠ししたって歩けるわ。ここは日が当たると、とてもきれいなところなの。座りましょ」

「いいところだね」私は言った。「こんなところでデートしたことないな」私たちは崖っぷち近くに腰を下ろした。

「こちら側は農場の端っこなの。下の道をたどっていけば、ムブクの村に着くわ」ガブリエルはしばしそちら側をのぞき込んでいたが、野火から程遠からぬ位置に見える明かりの点を指差した。「ほら。あれが彼らの門のかがり火。一晩じゅう燃えているわ。朝、ここはとても気持ちいいのよ。みんな丘側の道を通って、こちらに向かってくるの。夜になれば同じ道を通って帰っていく。農場で働いていないかぎり、ここを通ることはないし、わたしたちが彼らの土地に行くこともないわ。もし行くことがあったら、誰かに会うたびに『モカラ・ボ・ンドロ、ボセンディ』と言うの。これは、〝好意を持ってあなたの土地に入ります〟という意味。もし相手が女性だったら、歓迎の印にあなたの前にひざまずいてほほ笑んで手を叩くわ」

「すごくいい話だね」私は言った。「ゆうべ出た話とは、まるで関係ない」

「反乱のこと？」彼女は言った。「もうあんなことは起こらないわ。とにかく、あなたが考える以上に、彼らには優雅な習慣がたくさんあるの。ウープ、気が滅入っちゃう」

「どうしたの？」

「本当に、あした発たなくてはならないの？」

「そのほうがいいんだ。飛行機に乗らなくちゃいけないし、時間の余裕がほしい」

「便を遅らせればいいじゃない。わたしたち知り合ったばかりよ」月明かりのもとでも、どれだけ魅力的な笑顔かわかった。「最初のデートでしょ」彼女は言う。「もう二度とデートができないかもしれない」

「アメリカにくればいい。たくさんデートできるさ」

「アメリカなんて！」ガブリエルの口調が変わった。「こんな土地、大嫌いよ、ウープ！

あなたには想像もできないわ！　ここは――わたしは――」そこで言葉が切れたが、ふさわしい言葉を探しながら何を感じているかがわかった。ガブリエルは落ち着かない様子で身動きし、半分寝そべって片肘をつき、それからまた起き上がった。「タバコちょうだい」

それまでは、すすめても断っていたのに。私が火をつけて渡すと、彼女は真正面を見たまま何度か煙を吐き出した。ろくに味わうこともせずすぱすぱやり、ちっともくつろいでいない。

「わたしに話して！」と、ようやく口をきいた。「ここはまるで――」そこでやめると、タバコを放り投げた。「ニューヨークには何度も行ったの？」まるでそれが生死に関わる大問題のようだ。

「もちろん」私は答えた。「何度も行ったよ。いったいどうしたんだい、ガブリエル？　今にも飛び上がりそうじゃないか」

「そんな気分なのよ」ガブリエルは言った。「ほんとうに飛び立てたら！」そして私のほうを見た。「わたし、これからどうなるの？」

私は答えることはできず、「気になっていたんだが」と逆に訊いた。「きみのような女の子は何をするのかい？」

「わたしみたいな女の子はそんなにいないわ」彼女は言った。「わたしに何が起こるか知ってる？　何も起こらないの！　何もないのよ！　ここにいて朽ち果てるだけ。パパはお金なんて持ってないもの。ここのおんぼろ会社につぎ込んでしまったから。あなた方アメリカの男性は、持参金のない女の子と結婚したりする？　わたし、いったい誰と結婚したらいいの？」

「結婚しなくたっていいじゃないか」私は逃げた。「レオポルドヴィルに行って仕事を見つければいい」

「結婚しなくちゃいけないのよ」ガブリエルは言った。「だいたい、育ちのいいベルギー人の娘はよそへ働きに行くことなんかできないの。母親同伴でなくては出かけられないんだから。レオポルドヴィルにいるポルトガル人となら結婚できるかもね。ポルトガル人なんて、まっぴらだわ！」

「葬式の場で初めてきみを見たとき、これほど落ち着いた若い女性はいないと思ったよ」私は言った。「それが今は、まるで粉々に砕けそうなありさまじゃないか」

「いつだって、内心こんなだったわよ」ガブリエルは言う。「ママが、じっと立つ方法を教えてくれただけ。わたしみたいにスタイルがよければじっと立っていられるし、内心どう思ってるかなんて誰にもわからない。わたしって、スタイルがいいでしょ？」

「これまで見た中で、最高のスタイルだよ、ガブリエル。落ち着いて話をしようよ」

「アメリカのことを話したかったの――ニューヨークとか、いろんなところの」彼女は言った。「ニューヨークでも、いいスタイルで通るかしら？」

「どこに行っても、いいスタイルだよ。ここで何しているのか教えてくれないか」

「全部聞きたいの？」

「話したい部分だけでいいよ」私は言った。「タバコもう一本どう？」

「けっこうよ」彼女は一分ばかり、黙って手のひらで額をごしごしこすっていた。それから、「ジャネットが生きていたころは、それほどひどくなかった」さっきよりゆっくりした口調で、私ではなく谷のほうを見ている。「ジャネットとはよく一緒に過ごしたわ。わたしたちは——」

「そのジャネットって誰だい？」私は訊いた。

「あら、アンリの奥さんよ。知らなかった？」

「結婚してたことさえ知らなかったよ」

「結婚していたのよ。あの夫婦は五年前ここにきたの。わたしはまだ十四歳だった。わたしがベルギーに行ったのは、四歳と九歳で、会社がパパに休暇をくれたときだけ。ジャネットがきてくれてすごく嬉しかった。彼女、とても孤独だったの。ママ以外では彼女がたった一人の女の人だった。ジェロームといやなジャクリーヌはまだいなかったから。わたしはジャネットのところに入り浸ってた。きれいな人だと思ったし、アンリにものぼせていたから」

「きみとアンリは――」私は口を開きかけた。

ガブリエルは笑い声めいた音を立てた。「アンリね！」と言ったが、何も説明はしなかった。

「ジャネットはいろんなことを教えてくれたわ」ガブリエルは続ける。「そりゃママだって教えてくれたけれど。勉強は全部ジャネットが教えてくれたの。去年だけは、レオポルドヴィルの学校に行ったけれどね。それでうちのお金を使い果たしてしまったし、パパは今でも借金を返しているところ。ジャネットはいつでも本や絵をベルギーから取り寄せていたわ。詩のことを教えてくれたのも、ジャネット。わたし、詩をたくさん知ってる。ミニヨン、アロン・ヴォワール・シ・ラ・ローズ――」そこで止まった。

「いいね。続けて」私は言った。

彼女はソネットを一編見事にそらんじた。〝今のうちに、バラのつぼみを摘め〟という内容だ。乙女よ、若いうちに青春を楽しむのだ。

「きれいな詩だ」私は言った。「ジャネットはすばらしい人だったんだね」あの家にアンリ以外に何かの気配を感じた理由がわかった。

「ええ、すばらしかったわ！　ここで本も書いていた。何かするためにね。わたしは、原住民が子どもに聞かせるような話を彼女に教えたの。ママが原住民のボーイにわたしの世話をさせたから、わたしはいろいろな物語を聞いていたし、聞けば忘れなかったわ。ジャネットは、それを集めれば本になると考えたのね。この世の始まり、死者がどこへ行くか、魔術のことかね。どんな物語も魔法が出てきて、恐怖に満ちていたわ。原住民はすべてを恐れているの」

「本はどうなったんだい?」私は訊いた。

「アンリがどこかにしまっていると思うけど」ガブリエルは言った。「是非ほしいけれど、アンリに頼んだりしたくないの。ジャネットの本は彼にとって大きな意味があるから」

「アンリの家にはもう本がないと聞いたら、驚くかい? 一冊もないんだよ」

「まさか」ガブリエルは信じない。「ジャネットはたくさん持っていたのよ」

「探してみろよ」私は言った。「最後にアンリの家に行ったのはいつ?」

「何カ月も前よ。呼ばれないかぎり、たがいの家には行かないから。少しでもプライバシーを保つための習慣なの」

「彼は今、一冊も持っていないんだ」

「じゃあ、自分だけで読むために、どこかに隠したんじゃないの」ガブリエルはゆずらない。「でも、ジャネットが書きかけにしていた本を見せてもらいなさいよ。挿絵も描いていたから。特別な出来じゃなかったんでしょうけど、あのころのわたしにはとてつもなくすてきに思えた。年頃になってからは、ますますジャネットに頼るようになったし、彼女は変わらず親切にしてくれた。どこにでもついて行ったわ。初めは藪に入って長いこと歩き回ったり、村をたずねて原住民の話を聞いて、わたしがジャネットのために通訳したりした。ここにきた当初も、彼女はとっても細くて弱そうだったけれど、もっと細くなっていったの。しまいにはミス・フィニーが結核の診断を下して、ここを離れなくてはいけないと言ったの。でも、彼女は行かなかったわ」

「なぜ？」私は訊いた。

「アンリと離れたくなかったからよ」ガブリエルは答える。「どのみち命はないのだから、アンリのいないところで死にたくないと言ったわ。アンリも会社をやめたら次の仕事はなさそうだったし、お金もなかったから。ああ神様！」彼女は叫び声を上げる。「ここじゃ、わたしたちみんな囚人だわ！　これっぽっちもお金がないんだもの！　ジャネットは最後は寝たきりになったわ。体を休めなくてはいけなかったから、わたしはちょくちょく会う訳にいかなくなったの。病人に食べさせるようなものはなくて――ジャネットは亡くなったの。それで全部。終《つい》のすみかになってしまった掘っ立て小屋の裏手に埋葬されたのよ」

「どうしてアンリは何も話してくれなかったのかな」私は言った。

「アンリは彼女の話はしないもの」ガブリエルが言った。「彼はひどく変わってしまったわ。きたばかりのころはいつも笑っていたし、よく働いていた。パパが、アンリはいつか農場をりっぱにすると言っていたほどよ。アンリのことは話したくないわ」

「ぼくはもっと聞きたい。彼はどんなふうに変わったの?」私はねばった。

「とにかく、ひどく無口になってしまったわ」彼女は答えた。「あのひどい小屋に何カ月もこもってしまって。それから、鳥や蘭やなんかのコレクションを始めて、実験所を病原菌の入った古い試験管でいっぱいにしたわ。病気の原住民を見かけるたびに、試験管を差し出さずにいられないの。それから、あの小さなレイヨウを猫かわいがりしてる。アンドレはいつも、仕事をしなかったらブリュッセルの本社に通告するとおどしていた。でも、アンリは笑うだけだったわ。アンドレはいつも酔っ払っていて、やっぱり働かなかったし、二人ともいざとなったらパパはアンリの味方をすることがわかっていたから。パパ以外の人間は何もしないから、状況は悪くなる一方で、パパ一人で全部やる訳にいかないし」

ガブリエルは熱っぽく早口で話す。「そのあとジェロームが様子を見にやってきて、あの、ジャクリーヌを連れてきたの——ジャクリーヌなんて大嫌い! ——今は——戦争や何かのせいで、あの二人もここから出られない、そして——何もかもひどいありさま!」彼女は大きな声を出す。「こんなところにいたくない!」

「でも、去年レオポルドヴィルの学校に行ったんだろ?」私は言った。

「そんなのなんにもならなかった!」彼女は言った。「いるのは女の子だけ。レオポルドヴイルに住んで持参金から何から持っている女の子でも、結婚できないんだから。男の子たちは戦争に行ったり南アフリカに行ったりで、とにかくいなかったのよ」

ガブリエルはため息をつくと、頭を後ろにやって髪を振り、風を入れた。まるで笑っているような声で言った。「最初のデートなのに、とんだ話でおもてなししてしまったわ。さしつかえなければ、そのタバコをちょうだいな」

私はタバコに火をつけてやった。マッチの光で見えた彼女の顔は、再び平静を取り戻していた。ガブリエルはマッチの火を吹き消し、草の上に寝転んだ。その姿はひどく魅力的だった。かすかな光を浴びて、髪はふわりとし、瞳も口もぼうっと浮かびあがって見える。彼女は二、三度ゆっくりとタバコの煙を吐き出した。光をとらえた煙はまるで、みずからぼんやりと光を放っているように見えた。ガブリエルが手を差し出し、私の手を取った。彼女が誘っていることはたしかだったが、私は驚きのあまりくすぶっていた質問を口に出した。

「きみとアンリの関係を訊いたのに、まだ答えていないね」私は言った。

ガブリエルは私の手を握ったまま、まるで気にしていないかのようにゆっくり答えた。自分でも何を言っているのか聞いておらず、そうすれば大切なものが傷つかないと思っているみたいに。「アンリは、ジャネットを思い出させるようなものとはいっさい関わろうとしないの。わたしもその一つよ。もしあの二人の迷える子犬になっていなかったら、またちがったでしょうけど。そういうことよ」こわばった様子は消え去っていた。さもなければ、かなりの自制心を発揮していたのだ。ガブリエルの声は低めで抑制されており、押しつけられた彼女の手のぬくもりが私の肌にも入り込んでくる。

彼女は少しだけ私の手を頬に押し当て、それからその手を放した。私は仰向けに寝そべり、彼女はタバコを放り投げた。二人とも体をずらし、私は彼女の体に腕を回した。はじめてキスを交わすと、ガブリエルは私の手を取り、胸に押し当てた。やめなければ、と私はすぐに思い、やめようとしたが、彼女は私の肩にしがみついて離れない。「行かないで」とささやいてくる。「行かなくちゃ」私は言う。「今やめなかったら、歯止めがきかなくなる」「心配しないで」と彼女は言った。かろうじて聞き取れるような声だった。私の頬に唇がふれてくる。「心配要らないのよ。これまで何度もあったんだから」嘘をついたと気づいたときは、すでに遅かった。

終わってから、私たちは長いこと横たわっていた。草から上がる煙の臭いがしたことを覚えている。ガブリエルが何を思っていたかは知らないが、私は自分の愚かさを呪っていた。

Ⅷ

私は少し歩いて、野火の明るい線がくねり、さまざまな形を描くのを見た。元の場所に戻ってみると、ガブリエルはやや丘よりに降りて、両肘をついて腹ばいになり、谷を見下ろしていた。私はそばに座り、言った。「初めてだったんだね」

「ええ」

「だいじょうぶ？」

「ええ、わたしはだいじょうぶ」

ほかに言うことを思いつけず、彼女がもう一本タバコをちょうだいと言い出すまで沈黙が続いた。私ではなく谷のほうを見つめたまま、彼女はゆっくりとタバコをくゆらした。

「もう遅い」私は言った。「帰ったほうがいいよ」

「そうね」彼女は言ったきり動かない。

私は待っていたが、しびれを切らして言った。「あんなことを言うべきじゃなかったな」

「わたしは、ああしたかったの」

「後悔しても、もう手遅れだ」私は言った。

ガブリエルは私を見ると言う。「あら、わたしは後悔してないわよ！　あなたはなぜ後悔するの？」

「なぜだかわかってくるくせに」

「ばかばかしい」ガブリエルは言った。「わたしは経験したかった。あなたがもし――わたし、よくなかった？」

「そんな言い方はやめろ」自分の言うことがいちいち気どっているように聞こえるので、私は不愉快になってきた。

「わたし、帰ったほうがよさそうね」ガブリエルが片手を差し出したので、私は助け起こしてやった。

「どうやったら家の人に気づかれずに入れるの？」私はたずねた。腕時計を見ると、もう二時だ。

「心配いらないわ」とガブリエル。「うまくやるから」

私たちは家路に向かった。道を知っているガブリエルが先に行く。分厚い薮の壁に入っていくと、まるで彼女のためにどんどん道が開けるようだった。彼女は迷うことなく音も立てずに小道を進む。私はただ、彼女の白いドレスの光のあとについていくだけだった。足元ではものが砕けるぴしっという音がした。藪の端に到達すると、遠からぬところに実験所が見えて、自分の居場所がわかった。

私たちは藪の端で、たがいにすぐそばに、だがふれることなく立っていた。ガブリエルが言った。「ここからは一人で行くわ。だいじょうぶ、家には入れるから」そして私の手を取る。「あしたも会える？」

「ジェロームの家で朝食のときに会えるさ」私は言った。みんなが見送りにきてくれることになっている。

「そうね。でも、そのあとのことを言ったんだけど」

「ぼくは帰るんだよ。わかってるだろ」

ガブリエルはひるんだ顔つきで、私の手をさらにぎゅっと握った。「どうしても帰るの？こんなことがあったのに？」

「行かなくちゃいけないんだ」

「いてちょうだいよ」

「行くんだよ」私は言った。「飛行機を予約してある」

「もっと大事なことがあるでしょう」ガブリエルはすがりついてくる。「次の便に乗ればいいじゃない。行かないで！」

「行くよ」

ガブリエルはくぐもったような悲鳴を上げていきなり手を放したので、私はひっぱたかれるかと思った。だがそれはなかった。しまいに彼女は泣き出した。

「頼むよ！」私は言った。堕ちるところまで堕ちた気分だった。「泣くなよ、ガブリエル。ここにいることはできない。いたとしても、こんなふうに会うのはもう無理だ」

ガブリエルはなんとか落ち着いた声を出す。「赤ちゃんができたらどう？」

「頼むよ！」私はまた言った。「ねえきみ、いい子だから、ここは――」

「やめて！」私は自分がいかに見苦しいまねをしているかを思い知らされた。

「ごめん」

「すこしだけ滞在を延ばせない？」ガブリエルが訊いてくる。私は「だめだ」と答えた。ガブリエルは数回呼吸するあいだ黙っていた。「わかったわ」と言う。「そんなつもりなら、おやすみなさい、ウープ」

「おやすみ、ガブリエル。ほんとうにだいじょうぶかい？」

「だいじょうぶよ。おやすみなさい」

私はもっと何か言ったりしたりしたかったのだが、できなかった。だから向きを変え、たたずむガブリエルから歩み去った。ゲストハウスにたどり着き、荷造りし、目覚まし時計をセットしてベッドに入った。眠れそうもないと思ったが、そんなことはなかった。しばらくいろいろ思いめぐらしているうち、すとんと眠りに落ちた。

四　メアリー・フィニー

I

朝食の席にみんなが見送りにきてくれた――ガブリエルとミス・フィニーをのぞいては。マダム・ブートグルドが、ガブリエルはちょっと頭痛がするから横になっていると言った。ミス・コリンズはミス・フィニーから伝言のメモがあると言い、かすかに謝罪のような咳をした。なんだか両手を揉み絞っているような風情だった。

メモは以下の通り。

「H・T様

ご一緒します。必ず乗せていってください。血清を忘れてしまいましたので。

M・Fより」

「彼女、血清を忘れたのです」ミス・コリンズはそうっと咳をする。「これから二週間というもの、原住民に予防接種を打たなければいけないのに、血清を持ってくるのを忘れてきたのです。メアリーがこんなうっかりしたことをするとは、知りませんでした」ミス・フィニーにもこんな欠点があると知って、ミス・コリンズは喜んでいるように見えた。が、それからキリスト教徒らしからぬ態度を見せたことを後悔したようで、「メアリーらしくもない」とつけたす。

「帰りはどうするのですか?」私は訊いた。

「郵便集配車《ポスト》に乗せてもらいます」ミス・コリンズは答える。「コスターマンズヴィルには血清がたっぷりありますけれど、手紙で送ってほしいと頼むのなら、次の郵便集配車《ポスト》まで三日待たねばなりませんし、血清がくるのはそのまた次の便になってしまいます。けれど、そのやり方ならメアリーは最初の便で戻ってこられるし、なんにしてもガソリンの節約になりますし、わたしたちのステーションワゴンはガタがきていて——後生です、ミスター・トリヴァー、メアリーはあなたの車に乗せてほしいと言ってますの。言い出したら聞かない人なんです」

マダム・ブートグルドはトラックの中で食べられるよう、大きなランチボックスを持たせてくれた。アンリは腹を押さえたかっこうをした黒い象牙の魔よけをくれた。「アルベールが大騒ぎしてね」とアンリは言う。「これがなくなったら、腹痛で死んじまうと信じ込んでいる」パパ・ブートグルドはいつも通り快活で親しげだったけれど、ママ・ブートグルドのほうはちょっと無理して愛想よくしているように見えた。だがあのときの私のように良心がとがめていたら、根拠はないと自分に言い聞かせたとしても、誰だってあらゆることを想像してしまうはずだ。だから私は、マダム・ブートグルドのよそよそしさを、気のせいだと思うことにした。

ミス・フィニーは数少ない所持品をさっさとバッグに放り込み、黒い医療カバンを持って現れたので、我々はゆうゆう予定通りに出発できた。住民たちはこちらに手を振り、私はなんとも名状しがたい気分でコンゴ‐ルジに別れを告げた。

トラックは乗り心地満点とは言えなかったけれど、ミス・フィニーにはお気に召したようだ。ジュスティニーン神父と正反対で、彼女は旅の友にうってつけだった。風景の眺めを楽しんでいたが、一度「きれいな景色」と言ったくらいで、あとは沈黙を守り、十時ごろになるとレモンドロップの缶を取り出した。ドライブしながら舐めるのはいい気分だった。だが十一時ともなると二人とも空腹を覚え、ミス・フィニーはランチボックスを開けることに決めた。

「停まりたい？　それとも運転しながら食べられる？」ミス・フィニーが訊いてくる。

「運転しながら食べますよ」私は答えた。

「よかった」彼女は言った。「でもちょっと停まって。いい場所を選んでね」

私は藪があまり茂っていない道路わきに駐車し、ミス・フィニーはトラックから降りた。

そして私のほうを見て言った。「せっかく停まったんだから、おもしろいことしなさいよ。大声を出すぐらいなら、そんなにもじもじすることないでしょ。ちっともこの土地に慣れないのね。エミリーと同じくらい始末が悪い」ミス・フィニーは薮の中に分け入った。

再び出発してからも、二人ともあまりしゃべらなかった。ただドライブとマダム・ブートグルドお手製のサンドイッチを楽しんでいた。

「アンジェリクが用意してくれてよかった」ミス・フィニーは言い、次の台詞に私は危うくトラックを溝に突っ込みそうになった。「彼女はあなたとガビーのことを知っていると思う？」

私が返答を思いつく前に、ミス・フィニーは私に向かって手のひらを上げて言った。「どういう意味かなんて訊きなさんなよ。わかってるでしょ。血清の口実を真に受けたんじゃないでしょうね？　わたしは忘れ物なんかしません。あなたと話す機会がほしかっただけ。フープ、遠まわしにほのめかしている暇はないの。わたしはそんなの得意じゃないし、人生の半分以上も医療に関わってると、そんなことくだらないとしか思えない。さあどうしたのよ、フープ。わたしは人間を見てどんな人か想像したり、どうしてあんなことするんだろうって考えたりするのが好き。あなたとガブリエルを見ていなかったとでも思うの？」

「わかりましたよ」私は言った。「あなたはぼくとガブリエルをずっと見ていた」

「おまけにあなたに力を貸したのよ、神様お許しを」彼女は言った。「きのう、ガブリエルが逢引の場所の地図を渡したときのことを覚えてる？　わたしにはアンリの培養菌なんてどうでもよかった、彼を部屋から出したかっただけ。みんなが部屋に入ってきたとき、わたしとガブリエルが一緒にいたのを覚えてる？　わたしが彼女になんて言ったと思うの？　あなたを避けろと言ったとでも？　ゆうべだってアンリを引き離す算段をしてあげたわ。ジュスティニーン神父までは手が回らなかったけれど」

「途中で神父に会う可能性はありますか？」私はたずねた。

「反対方向に行ったわよ、神の名はほむべきかな」ミス・フィニーは言う。「ごまかそうとしてもだめ、話題を変える気はないからね。夕食後、わたしが眠いってどんな調子で言ったか覚えてる？　ほんとはあれほど頭がすっきりしたことはないんだけど、もう寝ると騒ぎ立ててあなたとガビーのためにパーティーをお開きにした訳ですよ」

「大声を出したい気分ですよ」私は言った。

ミス・フィニーは笑った。それからいつもよりまじめな表情になった。「あの出来事にはとてもショックを受けたわ。ガビーのことは大好きだけどね。彼女が生まれたとき取り上げたのはわたしよ。助手はエミリーだけで。それ以来ガビーのことはずっとめんどう見てきたの。わたしがガビーをけしかけたようなものね。ガビーと結婚する可能性はないんでしょうね？」

私はぎょっとして息を吸い込むことしかできなかったが、それが十分答えになっていた。

「残念だな」ミス・フィニーはため息をついた。「お葬式や夕食の席で、あの白いドレスを着た彼女を見つめるあなたの目つきったら。わたしたち、正しいやり方をしたと思ったんだけどな。わたしは縁結びには向いていないのかもね」

「縁結び！」私は言った。「ミス・フィニー、もしぼくが恐れていることについて話しているのなら、ぼくが知るかぎりでもっとも露骨な縁結びをしていることになりますよ」

ミス・フィニーは、彼女にしてはひどくうろたえたように見えた。「あなたの言うことはわかる。やりすぎたんだと思う」とこちらの言い分を認める。「でもね、ほんと言うと、あそこまで発展するとは思わなかったのよ」九十パーセントは誇張にすぎない、おおげさな尊敬のまなざしをこちらに向けた。「あなたって見かけ以上にごりっぱな人ね」と言う。「わたしの学生時代にくらべたら、大学の雰囲気もずいぶん変わった訳ね」

私は運転に集中した。唇がぎゅっと結ばれ、眉をしかめているのが自分でもわかる。一言も発することができなかった。私にはとてつもなく長く感じられる二、三分のあいだ、ミス・フィニーは沈黙を守ったが、値踏みするようにこちらを見ているのがわかった。しまいに彼女は笑ったとも鼻を鳴らしたともつかぬ音を出し、私は彼女のほうを見た。彼女は笑顔で「やれやれ」とでもいうように頭を横に振っている。私の顔から目をそらさずにやにやしている。私は思わず口の端が上がって顔がほころんでしまったが、きわめつけのばか者になった気分だった。

「そうそう」メアリー・フィニーは言った。「お願いだから、フープ、おたがい話をはぐらかすのはやめましょうよ。こちらはまだ話を始めてないんだから。ガビーは今朝、すべてを話してくれたの。体がなんともないか、それから赤ん坊が生まれそうかを知りたがっていた。それはないと言っておいたわ。一回でできるものじゃないとか、いろいろとね。でも、あなたは運がいいかもしれない」

「〝でも運がいい〟ってどういう意味です?」私は言った。

「運がよくて赤ん坊が生まれるかもしれないってこと」ミス・フィニーは静かに言う。「ガブリエルが妊娠したら、あなたが結婚できるようにするわ。わかった? あなたの味方になってあげる。どちらにしても、彼女と結婚したらどう?」

「ぼくはそんなふうに結婚したくない」私は言った。「彼女を愛してる訳でもないのに」

今度こそミス・フィニーにひっぱたかれそうだった。雄の象でなければ出せそうもないような、なんとも形容しがたい声が聞こえてくる。「愛!」ほとんど絶叫だった。「なんてたわけたことを! くだらない、まったくもってくっだらない! 神に誓って、男ってのは心底ばかよね！　ヨーロッパの男は持参金のことしか考えないし、アメリカの男はロマンチックなたわごとで頭をいっぱいにしてる。ガブリエルを愛してないだって！　あなたって、結婚がなんだと思ってるの？　いくらハンサムでも、ガブリエルよりいい妻は見つけられないわよ」

「ミス・フィニー」私は言った。「そんな話をしても、無意味ですよ」

「なぜミス・フィニーと呼び続けるの？」彼女は訊いてきた。「ファーストネームで呼べばいいのに」

「ぼくにはしっくりこないんですよ。でも、ミス・メアリーとなら言えるかもしれない」

「これほど、いやな意地悪な下劣な言い方されたことないわ」ミス・フィニーは言って、むっつりと黙り込んだ。

ミス・フィニーがおしゃべりをやめたとしても、私の心配がやんだわけではない。ガブリエルとの結婚の心配ではない、そんな気は毛頭なかったのだから。だがこのばかげた状況そのものについて、考えずにはいられなかった。ガブリエルが仕組んだことだとはいえ、自分にも責任があり、こんなふうに出て行ってはいけないというばかげた考えが頭から抜けなかった。だが引き返したところで、私にできることなどないのだ。できることは何もない。できることといえば結婚ぐらいだが、結婚などする義理はないのだし、ロマンチックなたわごとだろうとなんだろうと、そんなことをする場面は想像もできなかった。いまいましいミス・フィニーめ！

「どうぞ」出し抜けにミス・フィニーが言った。「わたしをののしればいいわよ」

「そんなことできないと、知ってるでしょう」私は言った。

「深刻に取らないで」ミス・フィニーは言う。「あなたやエミリーみたいな人たちの困ったところね。自分の置かれた状況がわからないから、すべてが混乱してるのね」

「ぼくとエミリーを一緒にしないでください」

「あなたとエミリーってすごく似てるわよ。うまく説明できないけど。あなただってスカートを履いていたら、しじゅうすそを引っ張ってるにちがいないわ」

「そして、ぼくに深刻になるなと言うには、あなたは適任ですよね」こちらも負けていなかった。「心の整理がついていたのに、あなたが蒸し返したんです。ガブリエルはどんなふうに感じてると思いますか？」

「彼女の立場だったらどう感じるかはわかるわ。がっかりするでしょうよ。でも、失恋の痛手を味わうかといえば、それはちがう。あなたが彼女に恋してないのと同じで、彼女だって恋してるんじゃないってことがわからない？」

これは強烈な一撃だった。たしかにぼくは彼女を、コンゴ-ルジで恋人を待つアリアドネ（ギリシャ神話の登場人物。迷宮脱出のため、恋人に糸玉を与えた王女）のように思い始めていた。

「まったく」ミス・フィニーはゆっくりと力をこめて言った。「もう——最悪！」ぼくは自分が赤面するのがわかった。「なんだってそんなに自分が魅力的だと思うの？　もちろん魅力はあるわよ。だけど、健康でそこそこの容姿の若い男性なら誰でもその程度の魅力はあります。それでも、コンゴ‐ルジ農場にやってきた若い男の中では一番ね。わたしはガブリエルを大事に思っているから、あなたを確保する意味はあると思った。この辺じゃ選択肢にとぼしいから」

「実にありがたいお言葉ですね」

「どういたしまして」ミス・フィニーは言う。「男ってものには、つくづくうんざりするわ。この世の成り立ちからすると、あなたは売り手市場か買い手市場か、どこかにいるのよ。それはともかく、まったくのめぐり合わせであなたは、あらゆる女が求める売り物を持っている。わたしが話しているのは、人生の保証ということ」

こんな調子で言葉はかなり辛辣だったが、その話しぶりから生来の善良さが失われることはなかった。彼女を見て、「それについて、ずいぶんおくわしいようですね」と言うとき、自然と顔がほころんだ。

「経験から話してるのよ、あなたがほのめかしているつもりなら」彼女は言った。「そして、あなたがたずねた意味で、ガブリエルがどう感じているかは知っています。どう感じているか、そのままわかるわ」彼女の声は無感動だった。「わたしの人生で唯一求めた男性を埋葬したばかりだもの」

「アンドレ・ドランドレノーを！」私は言った。

「そう」とミス・フィニー。「アンドレよ。ここにきて二、三年でコンゴのことも、このままでは自分が独身で終わりそうなこともよくわかった」だんだん話すのが辛くなるようだった。「自分から彼の前に身を投げ出したんだと思う。見返りがありそうなもののために、処女を捨てたわ。でもアンドレは、あなたがガブリエルに何も与えないのと同じように、わたしに何もくれなかった。同じテクニックをあなたとガビーに使うなんて、わたしもよくよくばかよね」

ミス・フィニーの態度からは、辛辣なからかい半分の調子がなくなっていた。やっと沈黙を破ったのは私だった。「話してくださって感謝します。葬式のとき、本当に別れを告げるように彼を見つめたのは、あなただけだと思いました」

彼女はうつろに風景を見つめる。「エミリーがこのことを知ったら、死んでしまうでしょう。なぜ、あなたに話す気になったのか、自分でもわからない。たいていは、あまり考えることもないのに。秘密を話す気になる相手もいれば、ならない相手もいるということね」それから、幾分いつもの調子を取り戻していった。「あなたは、アンドレが若かったころの半分もハンサムじゃないわよ。もちろん、彼をつかまえてしまったら、それはわたしにとって最悪の事態だったでしょう。たいして長くは続かなかったの。で、すべておしまいにして、たがいにその後二度と口にすることはなかった。なのに、ばかな連中ってのは、彼がわたしの心を傷つけたと思い込むのよ」

「そうなんですか？」私は訊いた。

彼女は私の言いたいことを理解した。「傷つかなかったのはたしかよ」ぴしゃりと答えた。「傷ついたとしても、今となってはなんのちがいもないわ。さあ、いいかげんこの話はやめましょ」

「ぼくはいいですよ」私は言った。「始めたのは、あなただ」

それからまた長いこと走ったが、またしてもミス・フィニーがわめき出した。「もう一回しか言わないわよ、フープ。ガブリエルと結婚する気にはならない？」

「なりません」私は答えた。

「ほんとに、ばかね」彼女は言った。彼女は今度は話すこと自体やめたので、我々は黙ってドライブした。事件の終わりの始まりは、その午後に起こった。

Ⅱ

この女は三十五歳には見えない——よく見るまでは。とても小柄でひきしまった体つきで、まつげには大量のマスカラをつけ、燃えるような濃い赤毛は一筋だけ脱色していた。リンネルのスラックスに、へそと肋骨の二、三本がのぞくホルターを身に着けている——いささか痩せすぎの感があるが、この猛暑とほこりの中にあってもファッショナブルで、いたく挑発的な姿態だ。記憶よりも小柄で、もう少し年長に見えた。そして一条の髪は脱色したてだった——これは大流行していて、レオポルドヴィルじゅうの女があの夏同じように脱色していた——それでも、見た瞬間、バフワリのアンドレ・ドランドレノーの部屋で見たのと同じ女性だとわかった。聞いたことはあるのに、思い出せず口ずさむこともできないが、もう一度聞いたらたしかにそれとわかるし、残りは歌うことができるメロディーのように。

我々はルジ - ブセンディとコスターマンズヴィルのあいだの休憩所でひと休みした。ガソリンを入れなければならなかったし、ビールかレモネードか、さもなければあの辺で出されそうな水以外の飲み物がほしかった。休憩所の建物に近づくと、ミス・フィニーはほこりっぽいダッジ（米国製乗用車）が停まっているのに目を留めた。

「あ、ジャクリーヌだ！」彼女が言った。「知ってるでしょ――ジャクリーヌ・ドランドレノーの奥さん」

私たちがトラックから降りて休憩所に入っていくと、ジャクリーヌ・ドランドレノーはテーブルについてビールを飲んでいた。こちらに振り向いてミス・フィニーに気づいたとたん、飛び上がって嬌声を上げた。私がバフワリの部屋に入ったとき、あえいでうろうろ歩き回っていたように、すべてが過剰だった。私を見た瞬間さっと目をそらせた様子から、向こうもこちらに見覚えがあるのだと確信した。

次の瞬間、彼女はミス・フィニー相手に「まあ、あなた《マ・シェル》」だのなんだのと、気どったコメディー・フランセーズ風のごりっぱなフランス語で大騒ぎを演じていた。どんな細かい音節も吟味したのち、ためらうことなく早口のハスキーボイスで発音する。

「こちらはフーピー・トリヴァー」ミス・フィニーは私のほうにあごをしゃくる。「今まで会えなかったでしょ」

「はじめまして《アンシャンテ》」コメディー・フランセーズ式のあいさつをされた。それから、コンゴールジで会えなくて、とてもさびしかったとつけくわえた。小さな爪にマニキュアを塗った、柔らかくほっそりした手を差しのべてきた。握手をすると、手の骨が動いたのが伝わってきた。私は普通よりほんのちょっと長く握っていた。彼女の目がまた私を盗み見るようにして、それからそらした。フランス女によく見られるタイプの美人だ――鼻は幅が広すぎ、本当の美形と言うには骨ばっている。だが人目を奪う生き生きした顔をしているし、自分の美点をすべからく強調するために、あらゆる技巧をこらした化粧をしているのはひと目でわかる。ジャクリーヌ・ドランドレノーは、目を強調するための努力を惜しまなかった。きれいな白目に黒々とした瞳で、彼女が視線を走らせるたびにきらきら光る。唇はひどく人工的な真紅に塗られている。

私は、彼女が握手した手を引っ込めるに任せたが、こう言った。「以前、お会いしたことはありませんか?」

「そんなはずありませんわ」彼女は言った。つねにわざとらしいしゃべり方をしているので、嘘をつくのは簡単だった。「あなたがここにいらしたあいだ、わたしはレオポルドヴィルにいました。上司のミスター・スラタリーからお噂はうかがいましてよ」

「ぼくにも、あなたのことを教えてくれましたよ」私は言った。

彼女はとっさに疑念を隠した。「それはご親切ね」と言う。

ミス・フィニーが言った。「まったくあなた方ってば、だらだら無駄話して。おたがいあんまり時間がないんだから、そんな話はまたにしたら?」

「変ですね」私はジャクリーヌに言った。「あなたをバフワリで見たと誓ってもいいですよ」

「そんなはずありませんわ」さっきより刺々しい口調だ。彼女はミス・フィニーのほうに向き、女二人はミス・フィニーがこれからどこに行くのか、いつ帰ってくるのかという話題に移った。まくしたてるのはもっぱらジャクリーヌで、ハスキーボイスで感嘆符だらけの台詞を羅列する。ミス・フィニーはぶっきらぼうに訊かれたことに答えるだけだったが、やがて言った。「お葬式にこられなくて残念だったわ」

「なんてこと!」とジャクリーヌ。「すべて終わってしまったということ? かわいそうなアンドレ!」両手でミス・フィニーの片手を包む。よく焼けたハムに載ったしゃれた飾りつけのようだ。「それで、ジェローム——ジェロームはどうしてる?」

「ああ、ジェロームはだいじょうぶ。あなたはどうなの?」ミス・フィニーは相手に対する嫌悪感を隠そうともしないが、ジャクリーヌは気づかないふりをした。

「でも疲れたわ!」台詞にふさわしい弱々しい低音だった。「ひどいショックよ、予想もしないことだったし、帰り道はひどいし。それにわたし——」

「あのね」ミス・フィニーがさえぎる。「わたしたち、もう出発しないと。この人にさよならを言いなさい、フーピー。ジャクリーヌ、アンリに会ったらきっとよろしくと言ってちょうだい」

ジャクリーヌは、ミス・フィニーの目に唾を吐きかねない顔つきだった。「さよなら、ミスター・トリヴァー」彼女は言ってから私を見て歯をむいた。「せっかくいらしたのにお相手できなくて、とても残念ですわ」

「またお目にかかれるでしょう」私は言った。

「だったらすてき」それはまるで「油で煮てやるわ」と言っているような口ぶりだった。

すでに給油は終わっていたので、ミス・フィニーと私はトラックに乗り込んで走り去った。誰もが手を振り合っていた。

「何か飲みたかったんじゃないですか?」私はミス・フィニーに言った。

「飲んだり食べたりする気にはなれないのよ、そばにあの――あの――」

「尻軽女がいると?」私はかわりに言った。

「あなた、なんでも知ってるのね」とミス・フィニー。

Ⅲ

「いったい何があったの？」旅を再開すると、ミス・フィニーが訊いてきた。「初めは二人とも親しくなろうとしてるのかと思ったのに、彼女があなたの喉笛を嚙み切る前に救い出すのは無理なんじゃないかと心配になったわよ」

「ジャクリーヌについて、あることを知っているのです」私は言った。あの件を話す決心をした。死者を尊重するにせよ、しないにせよ、これ以上黙っていることはできなかった。

「ぼく、本当にバフワリでジャクリーヌを見たんです」

ミス・フィニーはぎょっとしたように振り向き、じろじろと見た。「わたしの予想通りのことを言うつもりなら――バフワリのどこで？　おお、メアリー・フィニー、ばかね！　フープ、何かつながりを感じるわ。おお神様、ここには何かあるのよ！」もうすぐ秘密を打ち明けてもらえる子どものようなふるまいだったが、その顔は暗くなり、困惑と不安の中間のような表情が浮かんだ。「わからない」と言う。「悪いことかもしれない、このつながりは。

続けて」

「ほんの一分ほどでしたが、見たのはジャクリーヌでした」私は言った。「バフワリのドランドレノーの家の中です。アンドレは、彼女がいることに気づいていなかった。もちろん、ぼくはそのときアンドレの正体を知りませんでした。彼のほうでも、ぼくのことはまだ知らなかった。そのあと彼は出て行って、ぼくはジャクリーヌがベッドルームにいるとは知らなくて――」

「なんてことよ」ミス・フィニーは言った。「誰も何も知らなかったって？　もう一度最初から話して、フープ。それから、もっとゆっくりね」

私は、彼女のためにすべてを話した。ときおりミス・フィニーは、何か言わなかったら爆発してしまうのではないかと思われたが、いつでも「続けて！」とだけ言った。聞くことに集中していたので、唇は開き、息が洩れてくるのが聞こえた。もうちょっとで脳がカチカチいうのが聞こえそうだった。

私の話が終わると、まっすぐ正面を向き、ヘルメットを脱いで頭をヘッドレストにもたせかけた。まるで眠ろうとするかのように、目を閉じて深呼吸する。「しばらく話しかけないでね、フープ」と言った。

一見眠ってしまったようだった。が、かたく丸い爪が膝に載せたヘルメットを叩き続けていた。そしてときおり、抗議めいた声を出す。一度目を開けると言った。「正確な日付は？」

「七月一日です」私は答えた。「逆算すると、七月一日です」

「なぜ逆算するの？」

「レオポルドヴィルにいる上司が、七月四日、パーティーを開いた日に彼女は町にいた、と手紙に書いてきたからです」

ミス・フィニーは額を打った。「メアリー・フィニー、このうすのろ！」と言う。「もちろん、筋は通る。もちろん彼女は飛行機の乗り継ぎのあいだに、バフワリで一昼夜過ごしたのよ。それから一日がかりでレオポルドヴィルに着く。そして三日目、爪をといで戦いの前の化粧をした訳ね。あなたの上司が四日に花火を打ち上げたって、ジャクリーヌのほうが魅力的よね。わかった、もう一度考えてみる。あまりスピード上げないでね、フープ。方向転換して戻ることになるかもしれない」

「冗談でしょう」私は言った。

だがミス・フィニーはまた目をつぶってしまった。何もかも決めたという調子で目を開けたときには、十五分は経っていたにちがいない。彼女は警戒した様子できびきびと、だがぴりぴりせずに言った。「わかった。フープ、戻るのよ」

「いやですよ」私は抗議した。

「この分からず屋！　トラックを方向転換させて戻りなさい」ミス・フィニーの声は、熊をつかまえたわながギリギリ締まる音に聞こえた。

「そんなに重要なことなら、これからはあなたがボスです」私は言ってトラックを停めた。

「そんなに重要だし、わたしがボスだってのも大正解よ」ミス・フィニーは言った。私のほうを見て、悔い改めたように言う。「悪口雑言はなるべく慎むようにするわ、フープ。あなたの助けが要るの」

「承知しました」私は言った。

休憩所でジャクリーヌと別れてから、一時間ほど経っていた。こちらのトラックより足の速そうな車だったから、二時間くらい差をつけられている勘定だ。

私は運転を続け、ミス・フィニーが口を切るのを待った。用意ができるまでしゃべらない人だということはわかっていた。まもなく、彼女は話を始めた。

「赤痢は」ミス・フィニーは言った。「人類の歴史と同じくらい古い病気なの。古代の医学書でも赤痢に言及している。だからわたしも数千件の赤痢の症状を診てきたけれど、アンドレのようなケースは経験がないの。スライドや培養菌をくれと騒いだのは、そのため。臨床で現れたものから診断を下すと、半分はまちがうものなの。けれど実験所がアメーバ性と言えば、それはアメーバ性になる」

「なぜあんなに大騒ぎしたんですか?」私は訊いた。「アンリが信用できなかったから?」

「わたしは誰も信じない。そうせざるをえないから」ミス・フィニーは言い、すでに読者に紹介した例の長いスピーチを始めた。熱帯での白人のにせの顔、どんなふうに彼女が人々の顔を二度見るか――一度目は表面だけ、二度目はその裏側に隠された真実の姿をじっくり見出す。「これは、アンリのことを言ってる訳じゃないの」彼女は締めくくった。「誰にでも当てはまることよ。アンリがわたしをだますと知っても驚かないつもりだったけど、ただの不注意だったかもしれないでしょ。結局、アメーバ性赤痢だった——これは疑問の余地がないの。みんなでアメーバの分析をしているあいだ、わたしは排泄物を採取して調べた。もちろん、スライドでね。培養っていうのは、副次的な実験よ。わたしとしては、アンリのほかの培養菌と比較したかった。アンドレのことで恐れたのは、あれほど早く発症したり病状が進んだりするケースは見たことがなかったから。三十年間あの赤痢菌を保有して、死ぬこともなければ再発すらしないこともあるの。さもなければ、二、三週間で死んだ例もある。激烈な発症が一番深刻な事態を招くのは知っていたけれど、アンドレの症状の進行の速さは極端だった。一連隊じゅうが感染するほどの病原菌を飲み込んだとしか思えなかった。そしてわたしは、普通に生活していてそんなことが起こるなんて理解できないの」

「どこがそんなに疑わしいのですか?」私は訊いた。「誰にでも起こりうることでしょう?」

「起こりうるわよ」ミス・フィニーは認める。「でもね、アンドレはこの土地で三十年も暮らしてきて、一度も赤痢にかかったことはなかったの。かかりやすい体質の人とそうでない人がいるの。おまけにアンドレはばかじゃなかった。ともかく、病気に用心するという点ではね。用心の習慣は染みついているの。彼はわたしの知るかぎりもっともタフな人間だったわ。あんなにお酒や何かで体を痛めつけていたら、とっくの昔に死んでも不思議はないのに、病気一つしなかったんだから。それなのに、突然あんな病気になって、ほんの数日で逝ってしまった。そりゃあ誰にでも起こりうる話だし、もし彼の症状が軽かったらわたしだって何も疑わない。でも、今回のケースときたら！　シカゴ万博のことを覚えてる？　――一九三三年だったと思うけど、赤痢が蔓延したのよ。ナイトクラブの女で、テキサスなんとかってのが、おおぜいの死者に入ってた。まああれは、とくに激烈な一次感染とみなされているわ。感染後八～九日で発症して、すぐに死んでしまった。だけどアンドレは、七月五日に農場に戻ってきたとき、すでにひどい腹痛を訴えていて、つまり発症まで四日しかかからなかったということよ」

しばし、私は寒気がしてみじめな気分だった。それから、「何が言いたいんです？」と訊いた。「逆算して、バフワリの家で何かが起きたと考えているんですね」

「わたしはただ、アンドレの感染は普通じゃなかったと言ってるだけ。自分から何かしなければ、あれほどひどい赤痢には感染しにくいの。あるいは、誰かがしかけなければ――わたしが思いつくような偶然ではなしに、病原菌を食事に混ぜるとかしなければね。わたしは、日数の計算と地理的条件だけ考えてる。計算すれば、これほど激烈な症状なら感染後四日か五日で発症するから、感染は七月一日ごろのはず。地理的条件を考えれば、アンドレとジャクリーヌはその日一緒だったから、彼女があそこにいたことを知っているあなたをずたずたにしたがっているってことは、誰にでもわかる。たいていは、ジャクリーヌは若い男が好きなの。これじゃあ、計算と地理以外にも頼っていることになるかもね。ジャクリーヌは大嫌い。性根の腐った女よ。スポイルされていて強欲で、ナチスの突撃隊員ほどの良心しか持ち合わせてないわ。一つだけわからないのは、彼女がどうやってアンドレにアメーバ菌を与えたかということ。彼女は、彼が死ぬ前と同じむずかしい状況にいる——ここから脱出できるお金を持っていたとしても、ジェロームはここで事後処理に当たらなければならないから、もっと悪い状況になったかもしれない」

私は質問した。「彼女が病原菌を持っていたのなら、どこかで調達した訳ですね。あなたはまだ、アンリがからんでいるという説なんですか?」

「ちがうと言ったじゃない。今だってそうだし」ミス・フィニーは言った。「その意味じゃあ、ジェロームやブートグルド家の人やエミリーやジュスティニーン神父や、それからアルベールと同じくらい疑ってない」彼女はちょっと考えてから、考え深げにこう言った。「アンリ……か。彼に働きかけるのもいいかもしれない。でも、実験所に入って菌を持ち出すのは、誰でもできる。アンリはいつでもあらゆる種類の培養菌をそこらじゅうに出しっ放しにしてた。彼はなんでも散らかすけどね。ガブリエルを筆頭に、誰でもあそこに出入りしてるわ。建物に鍵をかける習慣がないの」

「何をほのめかしてるか、わかってるんでしょうね」私は口をはさんだ。「ジャクリーヌを人殺し呼ばわりしてるようなもんですよ」

「ちょっとちがうな」それからミス・フィニーは引用した。「『毒薬は女の武器』って言うでしょ。たしかにジャクリーヌの武器よ。でも、わたしがこれまでやったのはね、フープ、二と二を足しただけ。答えはわかってる——四だもの。でも四というだけじゃだめ、そしてわたしが知っているのは二足す二ということだけ。今計算した合計に足せる数字がわかったら、すぐにでもジャクリーヌを殺人で訴える。それは請合ってもいい」

続く二十四時間のうちに、彼女は残りの数字をすべて発見した。かなりの部分を私から引き出したのだ。こちらは何を意味するのかわからずに提供したのだが。彼女は私に話をしろと言った。思い出せるかぎり、コンゴ - ルジのすべての人間と話したり行なったりしたことを話せと言った。私はルジ - ブセンディにまでさかのぼって話をした。しまいには声がかれて弱々しい不明瞭な音しか出なくなった。だが彼女は、どんなささいなことでも知りたがった。私では何が重要で何が重要でないか判断できない、と言うのだ。彼女はときおりうなずいて、「それは符合する」とか「それは符合しない」とか言い、また、ある出来事についてよく考えてもう一度説明するようにと言ったりした。私は思い出せることはすべて彼女に話した。それは、ここまで記した通りの内容だ。

五　ドードー

I

今回ルジ‐ブセンディに着いたときは、私たちを出迎えるランタンはなかった。マダム・ブートグルドがジュスティニーン神父を待つ小屋は、そばに迫る藪の黒いシルエットに呑み込まれ、ミス・フィニーに注意されなかったら、私は通りすぎてしまうところだった。復路にはひどく時間を取られた。トラックが妙な音を立て始めエンストしてしまい、燃料パイプに息を吹き込んでつまりを取りのぞかなければならなかった。おかげで嫌な臭いのするガソリンが少し口に入ってしまった。その後は、三十分まともに走ったのちオーバーヒートした。今度はファンベルトがやられ、ちぎれてバタバタ言い出した。ツールボックスにスペアがあったので、取りつけることができた。だがあれやこれやで結局ルジ‐ブセンディに到着したのは真夜中になってしまった。坂道をのぼり始めてから最初の人家であるアンリの家に着くまで、ゆうに三十分はかかった。

トラックは不調だしミス・フィニーには話をしなくてはならないし、口内にガソリンのいやな味は残るしで、胃がむかむかしてきた。もうくたくただった。神経がささくれだって、ハンドルを握っているのがやっとだった。動物が道路に飛び出してくるたび、よけなければならなかった。夜行性の鳥がヘッドライトに飛び込んできてどさっという音を立て、ラジエーターに羽がべっとり貼りつく。「神経質」という言葉は嫌いだが、あのときの私はまさに疲れて「神経質」になっていた。万事まちがっていて、私に敵対しているように感じられた。疲労困憊なのに進まなければならないときなら、誰でもそう感じるだろう。アンリの家に続く小道に達すると、私は何も考えずにそこを曲がった。同じ道を運転してきた最初の晩もそうしたからだ。アンリの家に泊まるつもりはなかった。アンリはもう寝ているだろうし、ミス・フィニーはゲストハウスに鍵はかかっていないと言っていた。ミス・フィニーは誰も起こさずにブートグルドの家に入り、エミリーのベッドにもぐりこめばいいのだ。これ以上ジェロームの家にいる気はしないだろう。ジャクリーヌと一つ屋根の下にいるのはまっぴらだろう。

「だったら、ぼくがアンリの家に泊まって、あなたがゲストハウスに泊まればいいじゃないですか」私は言った。ヘッドライトをアンリの家に向けたまま、トラックを小道に停めた。その晩アンリの家の明かりはついておらず、ヘッドライトは付近の藪をくっきりと照らし出しただけで、その向こうには暗闇が広がっていた。空には星が少し出ていたが、小道の両側に突き出た藪にふさがれて見えなかった。

私たちの声を聞く者はいなかったはずだが、圧迫するような葉のトンネルでは、低い声で話さなくてはいけない気がした。ミス・フィニーはささやき声を出した。周囲の藪からたえず聞こえてくる葉ずれの音より、かろうじて聞き取りやすいという大きさだった。

「だめ」ミス・フィニーは言いかけた。「ブートグルド家に連れて行って――」だが言い終わる前に、前方からすさまじい銃声が二発聞こえてきた。あまり急な出来事だったので、藪が爆破されて、私たちは恐ろしい敵の前に姿をさらされたかと思われた。やがて、大きな穴を海水が満たすように、静寂が戻ってきて、何もかも以前と同じになった。

二人とも呆然と座っていたが、ミス・フィニーが先に気を取り直して言った。「アンリの家よ。行ってみましょう」私はトラックのギアを入れた。このときの状況を思い出そうとしても、体が持ち上げられ、一瞬の間を置いてアンリの家の小さな庭に降ろされたという印象しかない。だがすさまじい絶叫は覚えている――絶叫、静寂、絶叫、静寂――ミス・フィニーと私が着くと、それは止まった。

家の前の草地に懐中電灯が転がり、光の中に、アンリの姿が浮かび上がっていた。地面にうずくまっている。腹を撃たれてしゃがみこんでいるのかと思った。私は動転のあまり、アンリのほうにヘッドライトを当てることを思いつかず、ベランダを照らしたまま、トラックから飛び出した。

私とほとんど同時に、ミス・フィニーもアンリのところにきた。ミス・フィニーはすぐにアンリを照らしたから、ロデオのカウボーイが地面からハンカチを拾い上げるのと同じくらいすばやく、懐中電灯をひっつかんだにちがいない。アンリはとまどったような顔をこちらに向けた。自分はどこにいて、何が起きたのだろうと思っているみたいだった。正座するように座り込み、お盆を持つように両手で小型レイヨウを抱えていた。華奢な脚が不自然に突き出している。一本はまだぶるぶる震え、首は喉の傷でほとんどもげそうになって垂れている。弱々しく脈打つ体から血が流れ、アンリの手首を濡らし、膝にしたたっている。

「ドードーだ！」私は叫んだ。私が感じたのは安堵ではなかった。お気に入りの小動物ではなく、本当の人間が死んでしまったかのような喪失感を持った。

「下ろしなさい、アンリ」ミス・フィニーはきっぱりした口調で言った。「血まみれじゃない。誰が撃ったの？」

「ぼくなんだ」アンリは言った。ドードーのなきがらを草にそろそろと下ろす。「ぼくのライフルは？」

ミス・フィニーは地面を懐中電灯で探り、アンリの後ろ八十〜九十センチのところにあったライフルを照らした。

「手をお出しなさい、アンリ」とミス・フィニー。「さあアンリ、ふかなくちゃだめ」彼女は震えながら息を吐き出し、私もがたがた震えている気がした。突然襲ってきた恐怖が去ると、膝ががくがくしてきた。

アンリは以前より気力の感じられる声を出した。「庭で体を洗ったほうがいい」ミス・フィニーと私は彼のあとについて裏庭に行った。初めてここにきた日、アルベールが洗濯物を干していた場所だ。アルベールの作業台の隣に、水が満たされたドラム缶が並び、アンリはその一つに両手を突っ込んだ。まだ幾分めまいがするように、ぼうっと立っていた。シャツについた血を見下ろしている。いきなり両手を水から出すと、ボタンもはずさず、両手で引き裂いてまわりに振り落とし始めた。

「なんてことだ！」突然正気づいたように、声を高くする。「全身血まみれだ！」アンリはシャツをずたずたにして、あっという間に裸になり、狂ったように全身に水を浴びせかけ、血がついたあらゆる箇所をこすった。

「彼を見ていて、フープ」ミス・フィニーが言った。「すぐ戻るから」彼女の手にあった懐中電灯の光が草の上を揺れ動き、ミス・フィニーは裏の階段からベランダにのぼり家の中に入った。

「だいじょうぶですよ、アンリ」私は言った。「もう、だいじょうぶですよ。全部きれいになったから」

アンリは体をしゃんとすると、深く息をした。それからいくぶん震え声だったが、声を立てて笑った。手のひらで腕や脚をぬぐうようにする。

「ぼくはいったい、どうしちまったんだろう」アンリは言った。「ミス・フィニーはどこに行った？」

ミス・フィニーは何か大きくて白いものを片腕にぶらさげて戻ってきた。私たちのほうにくると、アンリの体を上から下まで何度か照らす。

「いい体してるわね」と感想を言った。「ほら——これを使って」白いものはシーツだった。

「ひどい風邪を引く前に、体をふきなさい。タオルは見当たらなかったわ」

アンリはシーツを体に巻きつけ、ミス・フィニーと私は二人がかりでふいてやった。

「家に入りなさい」とミス・フィニーは言った。「寝かしつけるから」

「ばかなまねをしちまったようだ」アンリは言った。三人とも家に向かっていた。「婆さんみたいにびくびくして。でも、もうだいじょうぶ。べつに寝なくても平気だ」

「あなたは何かのショックを受けてから、冷たい水を浴びたの」ミス・フィニーは言う。

「医者として、ベッドに入りなさいと言うわ。それに、何があったのか聞きたい」

三人一緒にアンリの寝室に入り、アンリは濡れたシーツをまとったまま、震えてベッドに座っていた。

「濡れたシーツを取って毛布に入りなさい」ミス・フィニーが指示する。私だったらためらっただろうが、アンリはなんでもないようにシーツを床に落とすと、毛布と残っていたシーツのあいだにもぐりこんだ。

「アンリのしたことから教訓を学ぶのよ」ミス・フィニーは言った。「あなたとエミリーは」

「醜態をさらしちまったな」アンリは話す。「眠っていたのに、いきなりあんなことになったんだ」彼はため息をつき、ゆったりと枕にもたれかかる。どんなに決まりが悪いと言おうと、彼がベッドに入ってほっとしたのは明らかだった。

私はベッドのアンリのかたわらに腰かけ、ミス・フィニーは部屋に一つだけあった椅子を引き寄せた。「さあ、ドードーはただのレイヨウだってことを思い出すのよ。そして現実を見つめるの。何が起きたの?」

「今何時かな?」アンリが訊く。

ミス・フィニーは腕時計を見た。「もうすぐ一時よ」

「なら、四時間も寝ていたんだ」アンリは言った。「今夜は疲れたし、一日じゅう気分がすぐれなかった。腹が痛かった。眠る気はなかった。ちょっとだけ横になるつもりだったのに、眠っちまった」それから眉をひそめる。「目が覚めると、外に誰かいるのがわかった。鷲が騒いだせいだと思う」絶叫と思ったのがなんだったたか、初めてわかった――ともかく、私が聞いたことを自覚したのは、このときだった。アンリは話を続ける。「懐中電灯はベッドのわきにあった。大急ぎでクローゼットからライフルを出した。ドアに着いたときには、何が動いているのかろくに見ることができなかった。何かがドードーの柵から藪に逃げていった。そのときは、すぐに正体がわかるだろうと思った。とにかく、ぼくはドアのすぐ内側に立って、やつに光を当てた。原住民だってことだけはわかった。ドードーを地面に落とすと逃げ出したんだ。ドードーの落ちた様子で、やつが殺したのがわかった。ぼくはやつ目がけて撃った――いや、撃つ前に駆け出したんだ、なぜだかわからないけど。とにかく、撃ったときには外にいた。明かりを消していなければ、しとめることができたのに」

「そうならなくてよかったのよ」ミス・フィニーが言った。「レイヨウの血よりひどいものが、あなたの手についたかもしれないじゃない」

「だろうな」アンリは言った。

アンリは話しながら片肘をついて身を起こしていたが、再び枕に頭をつけた。顔が青ざめ、脂汗をかいている。

「すまないけど」とアンリは言った。「吐きそうだ」そしてベッドの反対側に身を乗り出し、吐いた。

ミス・フィニーは、「フープ、トラックからわたしのかばんを取ってきてちょうだい。黒いほうよ」と言った。

私がかばんを持ってくると、ミス・フィニーはベッドのすみに立ち、シーツを水差しの水で湿らせていた。アンリの顔じゅうを濡らした部分でぬぐい、「かばんを開けてちょうだい、フーピー」と言った。

テーブルにかばんを置き、留め金を開けようとしたとき、私は自分の手も血でべとべとしていることに気づいた。すぐにハンカチを出してふいた。血はほとんど取れたが、縁のあたりが乾いてこびりついていた。「ほら」とミス・フィニーが言った。彼女は何も見落とさないのだ。シーツを手渡してくれたので、私はシーツの湿った部分で血をふき取ることができた。自分のハンカチはポケットにしまった。

ミス・フィニーは自分でかばんを開け、注射器と薬瓶を取り出した。「ねえぼく、皮下注射をするからね」彼女はアンリにこう言い、薬瓶の中身を注射器に注入した。

アンリは抵抗し、またしても自分が間抜けな気がすると言ったが、ミス・フィニーは注射を打った。注射器をかたづけ、かばんの口を閉め、「なんでもないことで、こんなに大騒ぎするなんて聞いたことがない」と言った。「男らしいあなた方がなんともなければ、わたしはちょっと休ませてもらうわね。この家にはいるわよ、フープ。アンリはすぐ眠ってしまうけれど、わたしはまだここにいたほうがいいから」

ミス・フィニーに世話をかけないよう、私はベッドの横の吐瀉物を始末し、彼女が居間のソファーで寝られるようほかのシーツを探す手伝いをして、さらに数分が経った。寝室におやすみを言いに行くと、アンリはのろのろまぶたを開けて、「――ぼくは最低だ」というようなことをつぶやき、またまぶたを閉じた。顔面蒼白で、まぶたがぴくぴくしていた。

ミス・フィニーはトラックに乗る私のあとをついてきた。私が乗り込んでエンジンをかけると、彼女は窓の横にきて何か言いたそうにした。

ミス・フィニーはそれまで聞いたことがないほど、困惑してためらったような話し方をした。かろうじてエンジン音に消されないだけの小声を出す。「フープ、ずいぶん変――昼間あなたはなんと言ったんだっけ？　〝変〟な？　ずいぶん変な話だと思わない？」

「そりゃ、こんなふうに一日が終わることはあんまりないですがね」私は言った。彼女は、いらついたように手を振り、「まじめな話なのよ」と言った。「気になることはたくさんある。アンリがひどく深刻に受け止めていたのが、一つ」

「ドードーはペットでしょ」私は言った。「ぼくだって大好きでしたよ」

「そうね、でもアンリはやわな男じゃないわ」ミス・フィニーは言った。「あなたがやわだって言ってるんじゃないの、フープ。でも、アンリをよく知っていたら、どれだけタフな男かわかるはずよ。ドードーが死んだからってあんなふうに参っちゃう質《たち》じゃないの。何か特別なことがあったのね。ペットが死んだ以外のことが」

「でも、そうとうこわかったはずですよ」私は言った。「あんなふうに真夜中に目が覚めて、侵入者に気づいて動転して、あたり一面血の海だし」

「それは、また別の話よ」ミス・フィニーは言った。「なぜ、ドードーをあんなふうに殺さなくちゃならないの？」

「食べるためでしょう」私は答えた。「いつか原住民か獣が藪から出てきてドードーを殺すだろうって、アンリが言ってました。ぼくは、夜は連中も自分の領分にいるだろうと思っていたんだけど」

「そりゃ、そう思われてるわよ」とミス・フィニー。「でも、じっとしていないこともある。気が向けば、そうとう動き回るの。わからないのは、なぜドードーの喉を掻き切ったかということ」

「ばかみたいに聞こえるでしょうけど、殺すために切ったのでは？」

ミス・フィニーは首を横に振った。「彼らは一回殴っただけで、ああいう小動物の首をへし折ることができるの。だけど今回、なんだって殺したの？　こっそりしのび込んで連れ去るだけでいいものを、時間をかけて殺したでしょ。あなたは、ドードーがどんなだったか知っているでしょう——誰だってさらって行くことができる。それに、小さなレイヨウは鳴き声どころか、キーとも言えない。犯人は殺す必要もなかったし、殺すために時間をかける必要もなかった。たとえ殺す必要があったとしても、なぜわざわざ時間をかけてあんな大混乱を引き起こしたの？　なぜあんな虐殺をしたの？　わたしの言いたいことが、わかる？」

「意味はわかります」私は言って、だんだん落ち着かない気分になってきた。ミス・フィニーが理屈の通った発言をするほど、ドードー殺しは無意味になる。

「それだけじゃない」ミス・フィニーはため息をつく。「たくさんのことが、気になる——意味が通らないのよ。いったいどういうことなのか、どうしても知りたい」

「いくつか数字を集めたじゃないですか」私は言ってみた。

「回答書が使えるかもね」ミス・フィニーはにやりとする。「じゃあ、おやすみなさい、フープ。楽しかった、ありがと」

「ご冗談でしょ」私は言った。「朝、また会いましょう」

Ⅱ

ゲストハウスにたどり着くには、環状道路を迂回する道を行かなければならない。ジェロームやブートグルドの家から見える道だ。ジェロームの家の明かりは、周囲を照らしていた。だが、妙に人気《ひとけ》のない印象を受けたので、私はトラックのスピードをゆるめてよく見ようとした。

正面のドアが大きく開いている。空気を入れるために開けることはよくあるから、とくに不思議ではない。だが正面のスクリーンドアも開いており、「人気のなさ」はそのせいだった。これはまったく異例のことだ。本来なら、用心のために掛け金がかかっているはずだし、何より蚊の襲来にそなえて、スクリーンドアというのは閉まっているものなのだ。

私はトラックを停めようかと思い、それから自分には関係のないことだと考え直した。だがブートグルドの家までくると、やはり明かりがすべてついていた。私は明かりはついているだろうと思い、同時にそれを恐れてハンドルにしがみついていた。

家の中から騒ぎが聞こえてきたので、私はトラックを正面に停め、階段を昇って中に入ったが、誰にもとがめられなかった。パパとマダムのブートグルドはソファーにかがんでいる。二人ともバスローブ姿で、マダムのほうは髪をお下げにして垂らしていた。もう一人いた。小柄な人間が、白地に大きな赤いケシの花の模様だらけの、シルクのバスローブを身にまとっている。それはなんとミス・コリンズだったが、気づいたのはしばらくしてからだった。内なる願望を露呈する身なりで寝室にいたところを、呼び出されてしまったと見える。ソファーの女性はかぼそい声で泣いており、ブートグルド夫妻はおびえたような切れ切れのフランス語で、驚きを表していた。だが騒ぎの大半はソファーから出ていた。ジャクリーヌがソファーに横たわり、ヒステリーの発作を起こしていたのだ。

ぞっとする声だった。気を鎮めて奇妙なハスキーボイスでしゃべり出したかと思うと、呆けたような笑い声や泣き声を上げ、それからまた気が抜けたようになる。午後に会ったジャクリーヌとは、まるで別人だった。化粧がくずれて顔じゅうべとべとになり、髪はあらゆる方向に向かって突き出していた。赤いクレープ地のラウンジパジャマらしきものを着ている。それはあちこちが裂けて、ほこりと汗にまみれていた。大きなソファーのせいで、彼女はいつも以上に小柄で骨細に見えた。けたけた笑ったりしゃくりあげたりしながら、ウナギのように身をくねらせ、ぴくっと動き、パパ・ブートグルドのバスローブにしがみついている。

「ひっぱたかないと、正気に戻りませんよ」私は言った。ジャクリーヌはソファーから起き上がった。部屋に入ってくる私を見ると、彼女の目はゴルフボールのように飛び出した。「襲われたのよ！」と金切り声を出したかと思うと、ばたんと仰向けに倒れ、またしてもヒステリックな笑い声を上げ続け、指を揉み絞るので、しまいには二度とまっすぐに戻らなくなるかと思われた。

「あたしを傷つけたのよ！」そう言ってめそめそと泣く。それからまた、わめき始める。「おお、ジェローム！　かわいそうなジェローム！　ジェロームはどこ？　何をされたの、ジェローム？　おお、ジェロオーーム！」ジャクリーヌの声は長い咆哮となり、消えていく。それからまたくずおれ、しゃっくりをしながら胸を波打たせていた。

「ブランデーを！」マダム・ブートグルドが突然大声を出し、パパがあわてて取りに行った。「まあ、ムッシュー・トリヴァー、ここで何なさってるの？」

「戻ってきたんです」私は説明にならない答えを言った。「何があったのですか？」

ミス・コリンズが答えた。「ジャクリーヌの気分がよくないのです」

ジャクリーヌはうめく。

「おお、神様《アー、モンデュー》」とマダム・ブートグルドは言った。神に対して不敬というより、祈りのように聞こえた。「わたしたち、何ができるでしょう？　彼女はこんな調子でここにきたのです。走って、倒れ込むように部屋に入ってきて――ほんの数分前のことです。彼女が言うには、ジェロームは――おお、わたしにはわかりません。彼女はまともに口がきけないのです。セザール！」と夫に呼びかけた。パパがブランデーを注いだグラスを持って駆け込んでくる。膝をつくとずんぐりした手でジャクリーヌを支え起こした。抱きかかえられて体を折り曲げているのを見て、私は午後握手をしたときの骨の感触を思い出した。パパ・ブートグルドはブランデーの入ったグラスを口元にあてがうが、彼女はうめき、ぶくぶく訳のわからない音を立て、ブランデーはこぼれてしまった。

ミス・コリンズが言った。「飲もうとしないのなら、顔にかけるのがいいわ」

ジャクリーヌはぐずぐず言ったが、ほんの二口でブランデーを飲み干してしまった。

「ジェロームを見つけてちょうだい」ジャクリーヌはひどく正気づいた調子で言ったが、声はあいかわらずしゃがれている。歯医者で治療中、歯茎にガーゼを詰められたときの気分を思い出した。ジャクリーヌはすっかりおとなしくなった。その口元が変に見えるのは、口紅がにじんでいるせいばかりでなく、片側が傷ついてはれ上がり、青あざが頬にまで広がっているためだと気づいた。

「これを見て《ルガルデ・サ》！」いきなりマダム・ブートグルドが叫ぶ。ジャクリーヌの片手を取ると手首をさすり、パジャマのゆるい袖を肘までまくり上げた。ジャクリーヌの手首はあざになっていた。指の跡がついているのが見えた。袖をさらに肩まで上げると、二の腕にもあざがあった。

「おお、神様！」またしてもマダムは言う。「彼女、嘘ついてるんじゃないわ！」そう言ってから、はっとした。その場の皆がうすうす感じていたことを口に出してしまったからだ。ジャクリーヌはこの部屋で一つとして自然なふるまいをしなかったし、いくら取り乱していても、何者かが本当にひどく殴ったことに気づくまでは、誰も言うことを真に受けていなかった。

「やつらが傷つけたのよ」ジャクリーヌはうめいたが、この期に及んでも私は、芝居がかった自己憐憫ではないかと疑っていた。「ジェローム！　おお、お願い、やつらにさらわれてしまったのよ！　彼を見つけてよ、セザール！」次は枕に頭を沈め、絶望したような泣き声を上げた。これには、傍で聞いていても胸が引き裂かれる心地がした。「あなた方みんな、あたしを嫌ってる」ジャクリーヌは言う。「だから助けてくれないのね。おお、ジェローム、ジェローム！」

「何を言ってるんだ？」パパ・ブートグルドが邪険に言う。「助けてほしいのなら、落ち着いて、何が起きたか話したまえ。ジェロームに何があった？」

「わからないわ」ジャクリーヌはすすり泣く。「やつらが連れ去ったんだから」

ミス・コリンズが口を開いた。「ミスター・トリヴァー、メアリーはどこですか？　ジャクリーヌが話をできるように、しゃんとさせなければ」

「アンリのところです」私は答えた。

「彼をどこに連れ去ったのかね？」パパ・ブートグルドは、ジャクリーヌをせっついている。

私はあることに気がついた。「ガブリエルはどこにいるのですか？」

マダム・ブートグルドが答える。「眠っていますわ、おかげさまで」

「そんなはずはない！」私は言った。うなじに氷のかけらを押しつけられた気分だった。

「こんな騒ぎの中で寝てる訳がない」

マダム・ブートグルドは私をじろりとにらみつけ、部屋から出て行った。

「メアリーを連れてきてちょうだい」ミス・コリンズが言う。「彼女なら、ジャクリーヌに何かできるでしょうから」

マダム・ブートグルドのつんざくような悲鳴が、家の反対側から聞こえてきた。ギリシャ悲劇の終幕さながらの面持ちで入口に現れると、くずれるようにしゃがみこんだ。「あの子、いないわ！」と叫ぶ。「いないのよ！　ベッドにも――窓が――」椅子に沈み込むと、ついさっきまでジャクリーヌがしていたのとそっくり同じことをし始めた。

私はミス・コリンズの手をつかんだ。

「ムッシュー・ブートグルド」私は言った。「ガブリエルの居場所は見当がつきます。ぼくが連れてきます。ミス・コリンズにミス・フィニーを呼びに行ってきてもらいます」

パパ・ブートグルドは、二人のヒステリー状態の女にはさまれて、凍りついたように突っ立っていた。私はミス・コリンズを部屋から引きずり出した。放り込むようにして、トラックに乗せた気がする。しがみつけるハンドルがあるのをありがたいと思いながら、私はアンリの家に向かってトラックをしゃにむに走らせた。助手席のミス・コリンズは、セメントミキサーに放り込まれた乾燥豆のようにぴょんぴょん跳ねていた。コンゴ‐ルジは、地獄を開放したような大混乱に陥っていた。もしもミス・フィニーが言ったように藪の中に悪魔がいるのなら、あの晩は悪魔が恨みを晴らしていたのだ。

Ⅲ

ミス・フィニーは頭の下で両手を組み、目を開けたまま仰向けになっていた。テーブルのランプはつけたままで、まるでこの世に関心などないような様子だった。大掃除でもしたあとで、二、三分体を休めているだけみたいに、平静そのものだった。だが両手はむき出しで、あごの下までシーツを引き上げていた。リネンのシーツは白い小山のように盛り上がり、まっすぐに立てた爪先の部分は切り立った峰となっている。

私たちが走り寄ると、ミス・フィニーが口を切った。「これはこれは、お嬢ちゃん方。あわててどうしたの?」

「大急ぎの必要があるのよ、メアリー・フィニー」ミス・コリンズはべらべらとまくし立てる。「そんなふうに、寝転がってる場合じゃないのよ。誰かがジャクリーヌを殴ったんだから」

「そりゃ、運のいい男よね」ミス・フィニーは言ったが、言葉とは裏腹に彼女の様子には変化が見られた。あいかわらず寝そべったまま言う。「じゃましないで。わたし、考えてるんだから」

ミス・コリンズはどん、と足踏みをする。「起きなさいよ、メアリー」と言う。「ジャクリーヌとアンジェリクが、そろって気が狂いそうなのよ。ガブリエルはいないし」

ミス・フィニーはいきなり身を起こし、シーツを体に巻きつけた。「後ろを向いてて、フープ。スリップしか着てないけど、わたしはアンリみたいにいい体じゃないからね。後ろを向いて、話を始めて」

私は後ろを向いて、彼女が急いで身支度する音を聞いていた。私は言った。「全員、ブートグルド家にいます。ジャクリーヌは誰かに暴力をふるわれて、その男がジェロームを連れ去ったと言っています。ガブリエルは寝室の窓から抜け出して、いなくなりました。あなたが事態を収拾してくださるなら、ぼくは彼女を探しに行ってきます」

ミス・フィニーは「どこへ？」と言った。

「心当たりがあります」

「わたしも見当はつく」とミス・フィニー。ののしる声が聞こえた。おそらく靴を履こうとしたのだろう。「さっさと行きなさい、フープ。わたしたちはアンリの車でブートグルドの家に行くから」

「アンリはだいじょうぶですか？」私は訊いた。

「赤ん坊みたいに眠ってるわよ」ミス・フィニーは言った。「持っていきなさい」と懐中電灯を私の手に押しつけてくる。「さあ、行くのよ」

部屋を出るとき、ミス・フィニーがミス・コリンズに言うのが聞こえた。「そんなかっこうしてると、サディー・トンプソン（サマーセット・モームの短編作品『雨』に出てくる訳ありの娼婦）みたいよ、エミリー」

私は実験所の敷地に着くと、トラックを引き続き走らせ藪に出た。デートの晩立ち止まり、ガブリエルからコンゴ-ルジを離れないでと言われた場所だ。小道が始まりそうな場所でトラックを停め、懐中電灯ですぐに小道を見つけた。道はわかる自信があったし、じっさい簡単だった。藪の両端は密集していたが、なんとか抜け出ることができた。しかしミス・フィニーが私よりは知恵が回って照明器具を持たせてくれなかったら、あちこちでつまずいたり転んだりして、一晩じゅう脱出できなかっただろう。

私は一分たりとも、ガブリエルが崖っぷちに立って谷を見つめていることを疑わなかった。自宅にも、アンリの家にもいなかった。当然ジェロームの家にもいないだろうと思った。だが私はじっくり考えなかったし、なぜゲストハウスにも実験所にもいないのかを考えなかった。ガブリエルはデートの晩と同じように家を抜け出した。私は何も筋道立てて考えなかったものの、頭の片隅で考えていたのだと思う。そして、その考えは正しかった。

あまり行かないうちに、ガブリエルがしゃがみこんでいるのを見つけた。からまりあった茂みに身をもたせかけている。懐中電灯に照らされた彼女は、半分しゃがんで後ろに寄りかかっていた。目を大きく見開き、口も開いて歯が見えている。身じろぎもしないので、夜間撮影した野生動物の写真のように見えた。

ガブリエルはしゃがれ声で「触らないで」と言った。彼女は「触らないで」と言い続けていた。

「フープだよ、ガブリエル」と私は呼びかけた。ガブリエルは顔の表情すら変えない。彼女に見えるように、私は自分の顔を照らした。

プレッシャーに負けたようにガブリエルが悲鳴を上げるのが、聞こえてきた。もう一度彼女を照らす前に、彼女は私に飛びついてきて、シャツを両手でつかんできた。倒れないよう私が両手で抱きかかえると、彼女はシャツから手を離し、やはり両手をこちらの体に回した。私たちはたがいに体をぴったりくっつけて立っていた。彼女の恐怖が体から発散されるのが感じられた。ガブリエルは言葉を発しようとしたが、私は聞き取れなかった。それから彼女の体からやや力が抜け、震え出し、やっと震えが止まると、私に頭をもたせかけて泣き始めた。体のこわばりがなくなり、もうだいじょうぶそうだった。

彼女が語ったことは信じがたかった——ジェロームがそこにいるというのだ。それから彼女は私を伴って、その前の晩一緒に過ごした空き地に出た。ジェロームは、原住民の村に通じる谷に面した崖っぷちに横たわっていた。懐中電灯の光を受けた彼の姿は、今でも覚えている。ぱっくり開いた喉の傷口が見えた。シャツは後ろで半分切り裂かれ、背中は血にどす黒く染まっていた。だがガブリエルを家に連れ戻し、ミス・フィニーが検死をするまでは、どんなふうに肩の肉片が切り取られていたかわからなかった。パパ・ブートグルドと私がその晩ジェロームの遺体を動かしたとき、割礼用ナイフが転がっているのに気づいた。ジェロームを運ぶのは骨が折れる作業だったが、いったんミス・フィニーの担架に乗せ、体を布でおおってしまえば、あとは恐れていたほどではなかった。私たちは彼を実験所に運び込み、鍵をかけた。ミス・フィニー、パパ・ブートグルド、私の三人がブートグルド家に戻ったころには、空が白み始めていた。小柄なエミリー・コリンズはパパ・ブートグルドのライフルを両手に持ち、居間の中央に不動の姿勢で座っていた。

「みんな静まっているわ」とミス・コリンズは言った。ミス・フィニーはその晩、プランテーションの住民の半数に皮下注射を打っていた――最初にアンリ、それからジャクリーヌとマダム・ブートグルド、最後にガブリエルだ。

ミス・コリンズは話を続ける。「この病棟は、わたしが見張るわ、メアリー。あなたとミスター・トリヴァーは休んだほうがいいわね。一睡もしていないでしょ。気分が悪そうですね、ミスター・ブートグルド」

パパ・ブートグルドは絞り出すような声で言った。「あなたも横になったほうがいい、ミス・コリンズ」

ミス・コリンズは言った。「誰もわたしをこの椅子から引きずり下ろすことはできませんよ。わたしは八時にベッドに入ったから、五時間は寝ています」

「頼もしいわね、エミリー」ミス・フィニーが言った。「アンリの家に行ってくるわね。彼は放っておけないから」

私はミス・フィニーに、一人で行くのはよくないと言った。ミス・フィニーは鼻で笑ったが、最後には折れた。ミス・フィニーと私は、皆を護衛するミス・コリンズを残して、アンリの家に向かった。アンリはまるで貨物列車に轢かれた人間のようなかっこうで、ベッドに伸びていた。私はクッションをかき集め、ベッドわきの床に敷き詰めた。それからクッションの上に寝そべり、隣の部屋でミス・フィニーが身を沈めたソファーがきしる音を聞いた。

「だいじょうぶですか?」私は訊いた。

「じゃましないで、フーピー」ミス・フィニーが言い返してくる。「考えてるんだから」

私は、彼女が仰向けに寝そべり、両手を頭の後ろに組み、爪先をぴんと立てているところを想像し、それから眠りに落ちた。意識を失ったと言ってもいいかもしれないが、ともかくミス・フィニーが部屋に入ってきて肩をゆさぶるまで目を覚まさなかった。陽がぎらぎらと照りつけていた。ミス・フィニーがコーヒーを用意してくれた。

Ⅳ

アンリの家にいる三人の中では、ミス・フィニーが一番しゃんとしていた。アンリと私は裏庭に出て、たがいにバケツ二杯分の水をかけあった。前夜アンリが着ていた衣服が近くの藪に干してあった。ミス・フィニーは、ドードーの始末もすませ、庭のすみに盛った土の山を示した。アンリと私を起こしたときはまだ八時だったから、彼女は一睡もしていなかったはずだ。

ミス・フィニーは、アンリに向かっては彼が眠ったあとの事件について何も話さなかった。だから私も口をつぐんでいた。アンリは疲れて気が立っているようだった。よくはわからないが不吉なものが見えるのを予期しているかのように、せわしなく室内に視線をさまよわせていた。三人で熱いブラックコーヒーを飲み終えると、アンリは言った。「あの役立たずはどこだ?」

「今朝は、アルベールには会わないと思うわ」ミス・フィニーは謎めいた言い方をした。

それからコーヒーカップを台所にかたづけに行った。

「あれは、どういう意味だい?」アンリが訊いてきた。

「よくわからないですよ」私は答えた。「彼女、何か隠してるんです。きのう、ぼくに方向転換を命じてここに戻って以来、ずっと謎めいた行動を取ってきたから」少し迷ったが、事実をアンリに話すことにした。「ゆうべ、あなたが眠ってから、いろんなことが起きたんですよ、アンリ。ドードーのことは、ほんの始まりでした。これからお話しするのは悪いニュースですから――」

ミス・フィニーが隣室からぴしゃりと言った。「悪いニュースはそれだけじゃないわよ。黙ってなさい、フープ」それからドアを抜けてきて、私をじろりとにらむ。「アンリにどんなふうに、いつ話すべきかは、わたしが判断するから。さあ――みんなでブートグルドの家に行くのよ」

アンリは何も訊かず、あきらめたような顔つきでついてきた。ミス・フィニーがそのうち告げるつもりでいるニュースより、彼自身の心配のほうがはるかにひどいのだと言わんばかりの態度だった。私たちはすさまじい日差しの中に出て、トラックのほうに向かった。だがアンリはトラックに乗ろうとしたとたん、「ちょっと待っててくれ」と言って、庭を横切り鷲のところに行った。木製のピンを引き抜くと、檻の片側をぐいと開ける。鷲は止まり木から床へぎこちなく降り、よたよたと庭に出た。黒いとさかが上下し、トラックの中からでも、大きな黄色い目が何度か膜に隠されるのがわかった。アンリはたたずんでそれを見ていた。鷲は重い羽音を立て、一息で地面を離れた。鷲というより鶏か何かのようにぎこちなく宙を飛び、それから藪の端の低い枝に降り、あぶなっかしくぐらぐらしていた。

アンリは空《から》になった檻に木のピンを放り込み、トラックに戻ってきた。アンリは「じきに飛び方を思い出すさ」と言い、三人は狭い運転席に乗り込み、一分もすればたがいの太ももがべたべたとくっつき合うことになりそうだった。

風もなく空気は湿ってよどんでいた。藪に隠れた鳥たちのさえずりやきーきー声も、いつもより抑えられた印象だった。葉はそよとも動かず、草原の草には生気が感じられない。がたぴしと道を進むトラックも、だるそうに見える。私は、プランテーションをおおう異常な静けさがますます気になってきた。ふと、原住民の姿が見えないことに気がついた。いつもは、草を刈ったり葉を剪定《せんてい》したり、用事を言いつかって道を走ったり、木陰でじっと座ったりしている。彼らは丘や木立と同じように風景の一部であり、彼ら抜きでは農場は不完全に見えた。私たちは、悪意が具現化したような朝の熱気の中をかきわけて進んだ。ブートグルド家の正面にトラックが着き、私がエンジンを切るまで、誰も口をきかず、汗だくでくっつき合って座っていた。モーター音が完全にやみ、三人は静寂に包まれた。

中に入ってみると、パパ・ブートグルドとミス・コリンズが黙りこくって居間に座っていた。二人とも着替えをすませていたが、パパの顔はむくんで暗く沈んでいる。ミス・コリンズは疲労で目が充血している。ジャクリーヌはまだベッドにおり、マダムとガブリエルは部屋で荷造りしていると二人は言った。マダムはこれ以上こんなところにいるつもりはないし、もう一時間だってガブリエルをプランテーションに置いておきたくなかったようだ。いささかの衣類と弁当を詰め終え次第、コスターマンズヴィルまで運転していくことになっていた。

「ここを出たほうがいいわね」ミス・フィニーが言った。彼女が指揮官であることには、誰も疑問をはさまなかった。パパ・ブートグルドは年老い途方に暮れていて、命令にしたがう以上のことはできそうになかった。「とにかく、誰かがこのことを報告しに行かなくてはならないわ。きょうは、やることがたくさんあるわよ、セザール。ボーイたちは誰もきていないでしょ?」

パパ・ブートグルドはうなずいた。

ミス・フィニーは「アンリ、お座りなさいよ」と言ってから、パパ・ブートグルドのほうを向いた。「セザール、アンジェリクとガブリエルは準備ができたらすぐ出発するのよ。行政官のところに行けば、誰か寄こしてくれるでしょう。ピストルは持った? アンジェリクに渡しなさい。使うことはないと思うけれど、持っていれば安心だから。わたしはフープと一緒に村に行ってくる。原住民を何人か連れてくるから。墓穴を掘ってもらわなくちゃ」パパ・ブートグルドに向かって話しながらも、アンリに視線を戻した。アンリは静かに、朦朧とした視線を返す。「遺体を埋葬しなくてはいけないわ。くるむためのカンヴァス地を見つけてちょうだい。掘り起こすことになったとしても、ただ放置しておくよりはましな状態になるはずよ。写真も撮らなくては。鍵をかけたから、誰ものぞきにこないでちょうだい。ここには四人残る訳ね——セザールとアンリとエミリーとジャクリーヌと。ジャクリーヌは気がすむまでベッドにいればいいけれど、あなた方には、かたときも離れないと約束してほしいの。二人ずつに分かれるのもだめ。わかってくれたかしら？」

「わかったわ、メアリー」ミス・コリンズが答えた。

「アンジェリクにさよならを言ってくるわ」ミス・フィニーは言い、部屋から出て行った。残された人間は何も言わず座っていたが、ミス・フィニーは戻ってくると「きて、フープ」と言った。それからアンリを見て、「話は、みんなから聞いて」と言い、私と一緒にドアから出た。

「メアリー！」ミス・コリンズが呼びかけてくる。「持っていったほうが——」

「銃は要らない」ミス・フィニーはさえぎる。「行くわよ、フープ」

V

私たちはトラックで行けるところまで行き、あとは村へと曲がりくねった道を歩き始めた。メアリー・フィニーは健脚だった。二人で縦一列になって、適度なペースで進んでいった。話をするのは困難だったし、どのみちミス・フィニーは人とおしゃべりしたい気分ではなかった。

「ぼくをどこへ連れて行くつもりですか?」一度だけ、私はたずねた。

「あなたが危険な目に遭うようなところじゃないわよ」ミス・フィニーは答えた。「謎は解けたと思うけれど、まだあなたに話す用意はできていないの」

「今話してくださいよ」

「今はだめ」ミス・フィニーははねつける。「でも、最初に教えてあげるかもしれない。用意できるまで、話すつもりはないけどね」

私は言った。「いい気持ちじゃないですよ、こんなふうに彼らの領分に入っていくのは」

「自分が何をしているかは、心得てる」ミス・フィニーは言った。「わたしと一緒にいれば、あなたは安全」それから黙って数歩進み、また言った。「恐ろしいことになるわよ、フーピー」「昨夜までのムブクの仕業と、バフワリであったこと全部を結びつけるんじゃないでしょうね！」私は言った。

「すでに結びつけていると言ったはずよ」彼女は言った。

「ぼくが知らない何を、あなたは知っているんですか？」私は訊いた。「ぼくに話していないことを――どんな〝数〟がわかったんです？」

「何もないわよ。大方はあなたが話してくれたこと。あとは、あなたもわたし同様見たことよ」

「何を言ってるのか、わかりません」

「あなたはいい子ね、フーピー」メアリー・フィニーは言った。「でも、まるでものが見えないのね。しかるべきときがきたら、話してあげる」

私は、村に着くまでその件にはふれないことにした。

みすぼらしい村だった。藁ぶきの小屋が二列円を描くように建っている。屋根は植民地風で、周囲の地面は原住民の足で踏み固められている。村の両側の藪は十五メートルくらいずつ切り払われているが、それからまた低い木立が始まり、じょじょに高くなっていって高木とつる植物が広がっていた。私たちは一列目の小屋の前に立ち、うすぎたない路地を眺めた。太陽はぎらぎら照りつけ、周囲を丘に囲まれて空気が圧縮されている感じだった。私たちが蹴立《けた》てたほこりは、くるぶしをよごし、ゆっくり舞っていたが、それ以外にはものが動く気配すらなかった。聞こえてくるのは、たえ間ない森の葉ずれの音と鳥のさえずりだけだ。

「誰もいませんね」私は言った。

「いいえ、いるのよ」ミス・フィニーは言った。「あそこを見なさいよ」

村の中ほどにある小屋を彼女は指差す。日陰に何かが腰を下ろしている。「連れて行くには、年寄りすぎるわね」ミス・フィニーは言い、歩み始めた。私は彼女についていき、その老女のすぐそばに迫った。

老女は、たしかに神の見捨てたもうた創造物のなかでもっとも醜いものだった。肌はいぶして干して灰をかぶった皮のようで、年老いた原住民の例に洩れず、灰色がかったかさぶたでおおわれていた。体は、ねじれた古い骨の袋でしかなかった。袋の底には内蔵がどっさりおさまっている。手足はろくに詰め物の入っていない奇妙な付属品という印象だ。老女は病気の猿のような顔をこちらに向け、一度だけゆっくりとまばたきした。それがすべてだった。この女は病気の年寄りだ。だが、たくさん子を産んだにちがいないし、そのために尊敬され財産もなしただろう。ありふれた、樹皮を打ち伸ばして作ったふんどしのほかに、幅二十センチ余りのブリキか何かの金属製の腕輪をはめている。それから、明るい色のガラスのビーズを四連か五連首に巻き、たくさんの魔よけと大きな金属のペンダントを一つ下げている。しなびたこぶのような右の尻のあたりには、ふんどしに差した長いナイフが光り、片手には陶製のキセルを持っている。私たちが見つめているあいだ、老女はなんとかキセルを口元に持っていき、のろのろ煙を吐き出した。それからだらんと腕を垂らし、見たところは死んでしゃがんだかっこうのまま動かなくなった。両耳には大きな白い串を刺していた。

と、隣の小屋から、黒い小さなものが出てきた。動物めいた半裸の姿だが、人間の女だということは認識できた。私が近寄りかけると、その女は動きを止め、うずくまった。私はまん中に穴の開いた小さな硬貨をポケットから出し、女のほうに差し出した。一片の皮に生命が宿ったかのように、女はまぶたを上げ、やがては片手を上げた。その手はあちこち白い斑点ができていた。私が硬貨を落としてやると、女は無表情でそれを見つめた。指をそろそろと閉じて硬貨を握りしめ、まぶしさに目をしばたたかせながら、そのましゃがんでいた。

「小屋には、あと数人はいるわね」ミス・フィニーが言った。「同じような連中よ」彼女は村のどまん中でほこりを浴びて立ち、四方八方を見渡した。二つの眠れるかたまりには、最初の一瞥をくれたきり、二度と目を向けなかった。ミス・フィニーは腰に手を当て、首を振った。「ほとんど出払ってる。昔とそっくりだ」

ミス・フィニーは深く息を吸い込むと、両手で口を囲い、藪に向かって奇怪な音節を発した。私たちは立って耳をすませていたが、あたりは静まり返ったままだった。

「彼ら、震え上がっているのよ」と、ミス・フィニーは言った。「いつでもそう――少なくとも、前はそうだった。わたしたちがここにくるたび、こんなふうに村から逃げ出したものよ。ずいぶん前のことだけどね。最近では、反乱のときだけ」

ちょっと間を置いて、ミス・フィニーはまた呼びかけた。今度は長く大きく角笛のような声を出す。答えを期待していないような顔つきで待っていたが、やがて私のほうを見た。

「あなたは行かないとだめね、フープ。あなたがここにいるかぎり、彼らが出てくる見込みはないから。あまり奥深くは行っていないの。今も、こちらを見張っているわよ。わたしは、できるだけ早く農場に戻る」

「こんな未開人の溜まり場にあなたを放っておくわけにはいきませんよ」私はさからった。

「ぼくはここにいます」

ミス・フィニーは笑顔を見せた。笑顔はたいへん魅力的で、歓喜と親愛の情にあふれていたが、こう言った。「向こうにわたしたちを傷つけるつもりがあったら、とっくに切り刻まれているわよ。あとで会いましょ。誰の言葉でもすべて覚えておくようにね。それから、誰でも二人きりにしてはだめよ」

「仰せの通りにしますよ」私は答え、向きを変えて行こうとした。だが彼女はいきなり呼び止めて言った。「フーピー、ハンカチ持ってる?」

私は腰のポケットを探ったが、いつも入れているはずのハンカチはなかった。

「ないはずよ」ミス・フィニーは言う。「どういうことか、考えてごらんなさい」彼女はにやりと笑い、何かこちらが気づいていないことでからかっているのだとわかった。「せいぜい楽しんでくださいよ」私は言った。「あなたのために、トラックは置いていきます」

小道を登りながら、私は彼女のほうを振り向いた。ミス・フィニーは日陰に移り、小屋のわきの木の樽に腰を下ろしてヘルメットであおいでいた。村を離れると同時に、原住民たちがそろそろと藪の端まで出てくる気配が感じられた。だが農場の端に戻り、農場の敷地を通り抜けてブートグルド家に着くまで、人の姿はまったく見なかった。

ミス・フィニーは私より一時間遅れでブートグルド家に到着した。トラックの荷台に原住民をぎっしり乗せてきて、ハウスボーイが何人か徒歩でくる、と告げた。トラックに乗った少年たちは降りてごちゃごちゃと一かたまりになった。まるでミス・フィニーの姿を見失ったら命はないと思っているように、どの目も大きく見開いていた。

六　あるいは見知らぬ者の犯行か

I

ミス・フィニーが必死にアンリの周囲に証拠を固める輪を締めていると気づいたのが、正確にいつだったかはわからない。だが自分でもアンリが事件に関わっていると認める気になったとき、あるいはアンリが何か隠していると感じたときですら、誰にせよ、なぜドランドレノー兄弟を殺さねばならないのか釈然としなかった。ことの顛末がさっぱりわからなかったし、何もかも計画された犯行だとしたら、計画はあまりに複雑に思われた。それでいて、表面的にはそれは単純きわまる出来事だった。アンドレがアメーバ性赤痢で死に、その二週間後、まったく無関係に、仲間を吊るし首にされたことに対する復讐として、ジェロームがムブク族の手にかかって殺されたのだ。文明国の人間のあいだでは、物語の世界とは異なり、復讐が謀殺の理由になることはあまりないが、原始的な人間のあいだでは、もっともありふれた理由なのだ。だがミス・フィニーは、目が節穴でないかぎり、誰もだまされるはずはないし、彼女自身は原住民が今回の事件に関わっていると考えたことは一度もないと言う。冷静に考えれば、一同まんまと引っかかったのが信じられないが、時が経つにつれ、だんだんと殺人がらみのことだけが頭に残り、ほかのことを忘れていく。そしてもちろん、いったんことの真相がわかってしまうと、なぜ誤った方向に考えていたのだろうと思うものだ。

アンリの話は、すでに述べた通りだ――服を着たまま八時ごろ眠ってしまい、目が覚めてから、ミス・フィニーと私が目撃したように、ドードーの姿に気づいた。

残りの部分について書くと、ミス・コリンズがブートグルドの三人とともに軽い食事を摂り、しばらく一同居間に座っていた。八時ごろ、ミス・コリンズはおやすみを言ってベッドに入った。いつも通り三十分ほど聖書を読み、ぐっすり眠ったが居間の騒ぎで目が覚めてしまった。居間に入っていくと、ブートグルド夫妻が床に倒れ込んだジャクリーヌの体を持ち上げ、ソファーに寝かせようとしていた。私が到着したのは、その数分後だ。

ブートグルド夫妻は、ミス・コリンズが八時に寝室に引き上げたあと、一時間ほどピケット（トランプの二人ゲーム）をして遊び、それから寝室に引き取った、と言った。二人とも、ジャクリーヌがわめきながら家に転がり込んでくるまで眠っていた。

ここまでは単純な話だが、ガブリエルの話はいささか複雑だった。ガブリエルは一晩じゅう歩き回っていた。おそらくみじめで不安だったのだろう。マダム・ブートグルドは寝るときになって、娘にも寝たほうがいい、朝頭痛がしたのだし、と言った。ガブリエルは、昼まで寝ていたから眠くないと答えた。それまで両親が使っていたトランプでソリテア（一人遊び）を始め、何回かプレーしてから寝ると約束した。だがベッドには入らなかった。飽き飽きするまでソリテアを続けた。それからタバコを吸うことにした。喫煙の習慣はないのでタバコを持っていなかったが、パパはいつも持っている。そこで両親の寝室にしのび込んで、父親のシャツのポケットにタバコを見つけた。パパは軽くいびきをかき、マダムはその横で規則正しい寝息を立てていた。ミス・フィニーから、すべてを鮮明に思い出すのが大事だと言われると、ガブリエルはしばし眉をひそめ、「ええと、これが何かに影響するかしら。パパのマッチを取ってくるのを忘れたんだけど、また寝室に入ったら起こしてしまうんじゃないかと思って、台所に探しに行ったわ。そこでタバコに火をつけたの」ガブリエルはこの調子で、すべてを事細かに語った。台所に行く途中、ミス・コリンズの寝室のドアの前を通り抜けなければならなかった。ドアは通気のために開いていたが、寝室をのぞき込んだりしなかった。

「なぜ見たりするの?」とガブリエルは言った。

ガブリエルはタバコを吸うためにポーチに出た。明かりはすべて消した。美しい晩で、一人の気分を味わいたかったし、戸外の暗闇にいると、いっそう一人きりになった気がするからだ。しばらく階段に腰を下ろしていたが、蚊の多さに閉口して立ち上がり、ポーチを行きつ戻りつした。とても小さなポーチだ。彼女の話を聞きながら、私はその場を思い浮かべた。

気は立っているし頭は混乱するしで、ポーチの端まで行くと向きを変え、ほんの数歩でまた向きを変えるガブリエル。いかにも彼女らしく、落ち着かない様子ですぱすぱやっていたのだろう。蚊はかなりしつこく、歩き回っても足から追い払えなかったので、ガブリエルはタバコを放り投げ、家の中に戻った。ちょうどそのとき、遠くで車の音がした。居間の明かりをつけながら時計を見たけれど、正確な時刻は覚えていない――十時ちょっとすぎだったと思う。

ガブリエルは、車はジャクリーヌが乗ってきたのだと思い、ますます気分が悪くなった。心細くなり、誰かに一緒にいてほしかったので、ミス・コリンズを起こしに行きかけた。だが考え直して居間に戻った。車の音は聞こえなくなっていた。ジャクリーヌはもうジェロームのところだろう、またつきあわなくてはならないのかと思うとぞっとした。それから、よくやることをした、とガブリエルは言った。ジャネットが生きていたころ教わったのだ。ジャネットは、悲しかったり不安だったりするときは、気を紛らわすために詩を暗誦していた。ジャネットにもそうするといい、と教えてくれたのだ。ガブリエルは自室に入り、ジャネットからもらった詩集を手に取った。そしてギヨーム・アポリネール（二十世紀初頭フランスの詩人。シュルレアリスムの先駆者）の詩を暗誦した。

ぼくはセーヌ川のほとりを歩いた
一冊の古い本を抱えて
川はぼくの苦しみに似ている
流れ流れてつきることがない
週はいつ終わるのだろう

悲しく静かな短い詩だ。ガブリエルは少し気分が明るくなったが、この詩の暗誦はほんの二、三分で終わってしまった。そこでルイーズ・ラベ（十六世紀フランスの詩人）のソネットを口ずさんだ。

私にキスして、もう一度キスして、キスをして
一番豊かなキスをちょうだい
一番愛のあるキスをちょうだい

今度の暗誦はうまく行かなかったので、ガブリエルは詩集を放り投げ、眠ることにした。だがベッドに横になっても頭がさえて眠れなかった。本人は言わなかったが、私には彼女の考えていたことが想像できた。その前の晩の出来事をすべて反芻したにちがいない。結局、

ガブリエルは起き上がってまた着替え、家から出た。それまで家の中をうろうろしていたから、両親を起こすことを恐れ、さきほどのように正面の部屋から出るのではなく、窓からこっそり出たというのが、彼女の言い分だった。

ガブリエルは低地を見下ろす崖に出た。

「なぜ、あそこなの?」娘が話している最中、マダム・ブートグルドが訊いた。

「景色を見たかったからよ」ガブリエルは答えた。「野火がとてもきれいだったから」

ガブリエルはたいへん落ち着いた様子でここまでを話した。だが残りの部分は、力を振り絞って取り乱さないようにしていた。ガブリエルはしばらく崖に座っていた。どのくらい座っていたかわからないが、誰かが近づいてくる音がした。ガブリエルは藪の端に駆け込み、人影が一つ崖に歩いていくのを見た。その男は、背中にかついでいるものの重みで身をかがめていた。男は背負っていたものを地面にどさっと下ろした。その死体は痩せて長身で、白いズボンとシャツを身に着けていた。ジェロームだとわかった。もう一つの影については、シルエットしかわからなかったが、原住民だということはたしかだ。男がナイフを手にして、死体を傷つけようとしたので、ガブリエルは目をつぶった。気を失いそうだったが、とにかく意識を保ち、物音を立てないことに全神経を集中した。原住民の男が立ち去り、小道から谷へ降り、村へ向かうまでどれくらい待ったかはわからない。そして、どのくらい経ってから、小道を戻って遠くに私の明かりを見たかもわからないそうだ。私を、盗んだ懐中電灯を持った原住民だと思ったらしい。触るなと言い、私が自分の顔を照らしてみせたので、ようやく誰だかわかった。ガブリエルは私にジェロームの遺体を見せた。私がガブリエルを伴って家に戻ると、あいかわらず訳のわからないおしゃべりを続けるジャクリーヌから、ミス・フィニーが役に立つ情報を得ようとしていた。

私が一同に向かって、ジェロームを見つけたが死んでいたと告げると、ジャクリーヌはまたも手のつけられないヒステリー状態に陥り、ミス・フィニーはすぐさま皮下注射を打たねばならなかった。だがガブリエルに対しては、何が起きたか正確な説明を終わるまでは、気をしっかり持たなくてはいけないと言った。ミス・コリンズがジャクリーヌを寝かしつけるあいだ、ガブリエルは私がここまで書き記した通りの内容を話した。それは辛い作業だったはずで、最後のほうは必死で平静を保っているのがわかったが、しまいに取り乱してミス・フィニーの世話になったのは、マダム・ブートグルドのほうだった。

私としては、それ以上つけくわえることはなかった。さきにも書いたように、その晩はジェロームの遺体を実験所に移す作業に追われ、それがすむとミス・フィニーと私はアンリの家に帰った。ミス・フィニーは、私には一つしか訊かなかった。

「フープ」二人でトラックでアンリの家に向かう途中、ミス・フィニーは言った。「あなたが懐中電灯でガブリエルを照らしたとき、彼女は正確にはなんと言ったの？」

「さっき彼女も言った通りです」私は答えた。「『わたしに触らないで、触らないで』と繰り返していました。何度も何度も」

「まったくその通りだった？」

「訊かれたからぼくは答えたんですよ。その通りでした」

「変ね」とミス・フィニー。「あなただと知らなかったのなら、なぜ英語で話したのかな？」

暗闇で自分の顔が赤くなるのがわかった。「すみません」私はあやまった。「今考えてみると、彼女はフランス語で言いました」

「しっかりしてよ」ミス・フィニーに責められた。「わたしが正確にと言ったら、正確に言ってちょうだい」

「そうしますよ。彼女の正確な言葉は、『わたしに触らないで《ヌ・ム・トゥシェ・パ》』でした」

「今度あなたに質問したときには、初めから正確に答えてほしいわ」

「はい、先生」

Ⅱ

翌朝ガブリエルとマダム・ブートグルドがコスターマンズヴィルへと出発すると、ミス・フィニーはジャクリーヌをベッドから出して筋道の通った話をさせる仕事に取りかかった。ジャクリーヌにとっては晴れの舞台だった。コメディー・フランセーズのロビーに肖像画が飾られている、ベルナール（サラ・ベルナール。一八四四〜一九二三年。フランスの大女優）やラシェル（ムル・ラシェル。一八二〇〜五八年。フランス悲劇女優）といった女優でも、この日のジャクリーヌの話しっぷりを聞いたなら、畏敬の念に打たれたことだろう。

まずミス・フィニーとミス・コリンズがトレーで運び込んだ遅い朝食をたいらげてしまうと、ジャクリーヌはこのままじゃいやだ、とても無理だと言い出した。自分の部屋で身ぎれいにしてからでないといやだ、と言うのだ。ミス・フィニーはともかくジェロームの家での事件についてしゃべらせたかったので、我々三人はジャクリーヌの部屋に行った。パパ・ブートグルドとアンリとミス・コリンズは残った。ミス・フィニーがトラックに乗せてきた原住民のうち数人は、墓穴を掘っていた。農場にはフィルムが一本もないことがわかり、写真撮影は不可能となった。パパ・ブートグルドとアンリの意見で遺体はカンヴァス地でおおって縫い合わされ、その午後正しく埋葬される現場を皆で見届けようということになった。埋葬式はミス・コリンズの朗読により執り行われた。その間、ミス・フィニーがジャクリーヌから話を聞き出すことになっていた。ミス・フィニーが私にも一緒にくるよう言ったとき、アンリとパパ・ブートグルドは驚いたようだったが、誰も異論をはさまなかった。

ジャクリーヌは、自宅に着くまで悲劇のヒロインを演じるのに苦労していた。昼食のときには、口紅とマスカラを持ってきてちょうだいと懇願したが、ブートグルド家になかったのか、あるいはミス・フィニーの意地悪だったのか、それはかなわなかった。そこでジャクリーヌは化粧もせずに、破れてうす汚れた赤いクレープ地のパジャマ姿で第一場登場とあいなった。化粧をしないジャクリーヌはゆうに五歳は老けて見えたうえ、顔の青白さがむき出しになると、悲劇的などではなくたんに不健康な印象しかなかった。

ジェロームの家に着くと、ジャクリーヌは「身ぎれいにする」のに、ミス・フィニーと私を四十五分も待たせた。ミス・フィニーは居間にあるすべてのものをじろじろ眺め、ジャクリーヌに聞こえない範囲で、廊下やほかの部屋を見て回った。居間は散らかり放題としか言いようがなかった。ワックスをかけたコンクリートの床のあちこちで小型じゅうたんがくしゃくしゃになり、テーブルにはブランデー・グラスが二個載っていたが、口の開いたブランデーの瓶はひっくり返り、鼻をつくブドウくささが充満していた。タバコを吸う私の前で、ミス・フィニーはただ待つことをやめ、骨を見つけ出そうとする間抜けなおいぼれ犬のように居間をぐるぐる歩き回っていた。そのうち何かぼそぼそ言い始めた。そのほとんどは、我らがホステスに対していちじるしく礼を失した発言にちがいなかった。

ジャクリーヌの二度目の登場場面を目撃できたのが我々二人だけだというのは、なんとも残念なことだった。彼女は戸口に現れると、ほんの少し立ち止まったが、その眺めはまさに圧巻だった。口元を損なう傷跡はクリームとおしろいで完璧に消し、いつもの真紅の口紅の代わりに地味な暗めの色を塗っていた。頬のくぼみには、ほんのかすかに頬紅をはたき、顔は悲劇的に青ざめながらも、大きな悲しげな目は気丈に見開いている。髪はまん中で分け、簡単に後ろへとかしつけてある。ジャクリーヌは若くはかなげに見えた。夫に死なれたばかりの女性として身にまとった黒い化粧着は、インドの踊り子と過ごす夜のようなしめやかさを感じさせた。

ミス・フィニーは、評価すべきものを目にしたら、それを表明するにやぶさかではない人物だ。「おーやまあ！」と心から賞賛した。「たいしたもんだ！」

ジャクリーヌはこの俗っぽい反応を無視し、物静かにけなげな一言を発した。「用意できたわ」

「それでできてないって言うんだったら、ほかの女にゃとても無理だわね」ミス・フィニーはがみがみ言う。「本題に入らなくちゃ」

ジャクリーヌは、耐えているような微笑を浮かべ、それはミス・フィニーのがさつさより魅力的に見えた。ジャクリーヌは体を動かした。部屋を横切ってそっと椅子に腰を下ろし、膝の上で手を組み合わせた。そして「何を知りたいの?」と訊いた。

私には、ミス・フィニーが思わず口にしかけた言葉を飲み込むのがわかった。ミス・フィニーは、一呼吸置いて自分を落ち着かせ、率直に、怒りの感情は抜きにして言った。「わたしは、すべて起こった通りに知りたいのよ、ジャクリーヌ。ゆうべあなたは、その一部を話そうとしたけれど、何一つ明確に伝えられなかった。もう一度やってみるのが、あまり辛くないといいのだけれど」

「ありがとう」ジャクリーヌはあわれっぽく言う。「おお、ありがとう! わたし、やってみるわ」

私は農場に着いた、とジャクリーヌは語り始めた。十時ちょっとすぎのことだ。疲れてはいたけれど、ジェロームのもとへ帰り、弟の死を悲しむ夫の支えになれるのは嬉しかった。ジェロームは妻の帰りを待っていた。その晩のうちに着けるかどうかわからない彼女を迎えるために、起きて待っていた、と言ったそうだ。それは甘やかな帰宅だった。もちろん悲しかった、アンドレが死んだのだから、でも楽しくもあった、なぜって――。

ジャクリーヌは目を伏せ、膝に載せた両手を見下ろした。「何もかもお話しするわ、マドモワゼル・フィニー」と言う。「あなたに嫌われていることはわかっているし、いつでもジェローヌのいい妻だったとは言わないわ」ジャクリーヌは再び目を上げ、率直にミス・フィニーの目を見つめる。こんな誠実そうな話しぶりを聞いていると、彼女の話を信用できない自分が恥ずかしくなってきた。「わたしは身勝手でした」ジャクリーヌは続ける。「スポイルされていました。パリやきれいなものが、わたしの人生。人生のすべてだったの。わたしは美しいものが好き。浮かれ騒ぎも好きなのよ、ミス・フィニー。こんな荒野にいると、迷い子になったようで、閉じ込められたようで。わたしは――」

ジャクリーヌは立ち上がると、両脇でこぶしを握り、いきなり私たちに背を向けた。化粧着の後姿は、前から見るのと同じくらい効果満点だった。ちょっとポーズを取ってから、またこちらを向いたとき、ジャクリーヌの目には涙が浮かび、声は震えていた。「わたしは不機嫌になったわ。いつもジェロームに優しくしたのではなかった。本当のことをお話しします。レオポルドヴィルに行ったのは、ジェロームにもう耐えられないと言ってしまったから。ジェロームは、レオポルドヴィルで休養して考え直すのがいいと言ったの」

二人はすっかり仲直りした。ジャクリーヌは、ジェロームと離れたおかげで夫婦のこれからを見直すことができたと言った。ジャクリーヌはジェロームを愛していた。ともに生きていきたいのはジェロームだけだし、これからはいい妻になりたい。それが荒野に留まることを意味するのなら、ジェロームの荒野は自分の荒野だと思おう。二人の荒野は二人の小さな世界だ、とジャクリーヌは言った。二人はおいおい泣いた。喜びとアンドレを失った悲しみの混ざった涙を流した。

話は延々と続いたが、ミス・フィニーは辛抱して聞いていた。そして「よかったじゃないの、ジャクリーヌ」とぎこちなく言った。「あとの話は、なるたけ短めにできないかしら。あなたも疲れてしまうでしょう」

「ありがとう」ジャクリーヌはおどおどと言う。「ありがとう、優しいのね」

ジェロームは、乾杯しようと言った。次の結婚記念日のためにとっておいた特別なブランデーを飲もうと言った。ジャクリーヌはくたくただったが、それは特別な晩だった。ジェロームがブランデーを取りに行くあいだ、ジャクリーヌは化粧直しをして、赤いクレープ地のラウンジパジャマに着替えた。ジェロームのお気に入りだったから。着替えにはちょっと時間がかかったそうだが、私たちはさもありなんと思った。ジャクリーヌが居間に戻ってみると、ブランデーの載ったテーブルの横でジェロームが全身をこわばらせ、見たこともない原住民二人とにらみ合っていた（ジャクリーヌは原住民のことは誰も知らなかったし、自分のハウスボーイだってろくに知らなかった。未開人はみんな同じに見えるそうだ)。ジャクリーヌには、二人が入ってきた音は聞こえなかったし、とにかく物音はいっさい聞かなかった。彼らはどこからともなく現れ、彼女は居間の恐ろしい場面に出くわしてしまったのだ。ジャクリーヌは原住民二人が立っていた場所、ジェロームが立っていた場所、そして自分が入ってきたドアを指差した——たった今入ってきたのと同じドアだ。

ジェロームは、原住民に向かってフランス語で話しかけ、何がほしいのかと訊いた。原住民は現地語で短く答えた。フランス語はわからないと言ったのかもしれないし、何か要求したのかもしれない。ジャクリーヌもジェロームも原住民の言葉は一つもわからない。

ジャクリーヌは、ジェロームのピストルが寝室にあるのを思い出した。部屋を出ようとすると、原住民の一人がすぐに感づき、後ろから肩のあたりをつかんできた。マダム・ブートグルドが前の晩見たのは、そのときにできたあざだ。ジェロームは、その原住民に襲いかかろうとした。二人目の原住民がそこへ飛びかかり、一撃のもとにジェロームを倒した。ジェロームはコンクリートの床にのびてしまった。ジャクリーヌは悲鳴を上げた。二人目がジェロームの体をまたいでやってきて、ジャクリーヌの両手を片手でむんずとつかんだ。「男はとっても大きかった! 巨大な黒いけだものだった——」そしてジャクリーヌは、男が大きな片手で傷つけた華奢な両手を私たちに見せた。男にもう一方の手で口をふさがれ、ジャックリーヌは失神した。

　ジャクリーヌが意識を取り戻したとき、原住民たちは二人がかりでジェロームの体をかついで部屋から出て行くところだった。ジャクリーヌは両手と両膝で部屋を這っていった。それから、膝で立つと原住民の一人をこぶしで叩いた。男は片手を放し、現地語で何か言いながらジャクリーヌの口を殴りつけた。今度はどれだけ気絶していたかわからない。意識が回復したときは、誰もいなかった。ジャクリーヌは恐怖で気が狂いそうだった。車で追いかけることすら思いつかなかった。何度も転びながら藪を抜け、はるばるブートグルドの家まで一目散に駆けていった。この晩のことは、一夜の悪夢のようにしか覚えていない。ブートグルド家のスクリーンドアは、掛け金がかかっていなかった。ジャクリーヌは室内に飛び込み、助けを叫んで昏倒した。

　ジャクリーヌの説明はなかなかのものだった。おおげさに話すのは簡単だっただろうし、むしろおおげさにしないほうが困難だったろう。だが彼女は適切にやり終えた。身振りを交えるのはほんのときたまで、それもすばやく引っ込め、声のトーンも態度もこわばって弱々しげなのが、かえって効果的だった。恐ろしい脚本だった。女優なら誰でも自分のために書きたがるような役柄だが、ベルクナー（エリザベート・ベルクナー。一八九七〜一九八六年。オーストリア・ハンガリー出身の女優）でもあれ以上の演技はできなかっただろう。

ミス・フィニーは全身全霊をこめてジャクリーヌの話を聞いていた。話が終わると、ただ一言「わかった」とだけコメントした。

Ⅲ

ミス・フィニーと私はジャクリーヌの家を辞し、ブートグルドの家に向かった。

「で」とミス・フィニーは切り出す。「あれをどう思う?」

「半券がほしいですね」私は答えた。

ミス・フィニーはけげんな顔をする。「なんの半券?」

「舞台のチケットの半券ですよ」私は言った。「スクラップブックに貼りつけるために」

「ふん」とミス・フィニー。「あんまりおもしろくないわね。でも、たしかに――彼女の演技は完璧だった。どれだけ信用できると思う?」

「わかりません。でも百パーセントありのままだとは言えないんじゃないかな。あなたは、全然信じてないんでしょうね」

「あら、信じてるわよ」とミス・フィニー。「ジャクリーヌは駆けどおしだったからこそ、息を切らして服装も滅茶苦茶だったのだと思う。だからと言って、残りの部分も本当とは思えない」

「あなたは誰も信じないんですね」私は言った。「いつわりの顔やものごとに注意するようにと、言い続けていますね。あなた自身はどうなんですか？」

ミス・フィニーは少々うぬぼれた顔つきになる。「その気になったら、わたしは簡単に人をだませるわ。でもフーピー、あなたにはあまり嘘をついてない。あなたのことはからかったし、隠しごともしたし、あなたが眠っている最中にアンリの部屋にしのび込んで後ろのポケットからハンカチを盗んだわよ。でも、わざと嘘をついたことはない」

ここでメアリー・フィニーに対してできる一番の意地悪といえば、彼女の挑発に乗らないことだったので、私は小さく『ラブ・イン・ブルーム』の口笛を吹き、うつろに視線をさまよわせた。ミス・フィニーは四小節ほど待ってから言った。「もう、お黙んなさい！　わたしをだますのはあなたには無理よ」

「わかりましたよ」私は反応した。「ハンカチのことは、興味津々です。今回の事件のほかの部分についても、猛烈に好奇心がありますよ。でも、だからって忠犬みたいにおねだりする気はありませんね」

「葬儀が終わったら、ある程度話してあげる」ミス・フィニーは言った。「あなたは辛抱強くていい子よ、フーピー。メアリー小母さん、だんだんあなたが好きになってきちゃった。

ところで、わたしが村から戻るのを待っていたあいだ、誰か何か言ったりしたりした？」

「いいえ」と私。「みんな、ただ座っていただけです。ほかの人のことは知りませんが、あなたは村でひどい目に遭ったら、叫び声を上げるだろうかと思ってました」

「あたしみたいな肉のかたいおばあさんを追いかけ回すには、あちらも相当ひもじくなってないとだめよ。で、誰も何も言わなかったって？ それはかまわない。それでつじつまは合うもの」

ブートグルド家に到着すると、ミス・コリンズが留守番をしていた。冷たいレモネードが用意されていた。私たちが飲んでいるあいだに、アンリとパパ・ブートグルドが入ってきた。二人とも今にも吐きそうな顔色だったが、カンヴァス地で遺体をおおって縫い込み、農場のトラックに積み込んだから、いつでも埋葬できると言った。パパ・ブートグルドは、ジャクリーヌを呼びに行った。私は、彼女がもう一回こなければいけないなんて残念だと思った。今度こそ万雷の拍手を浴びて登場するのでなければ、気が進まないだろうから。彼女自身そう感じていたらしい。パパ・ブートグルドは彼女を連れずに戻ってきて、ジェロームがみすぼらしい方法で埋葬されるところを見るのは耐えられないという言葉を伝えた。

だから私たちはジャクリーヌ抜きで、ジェロームの遺体を野原に運び出し、アンドレの墓からほど近いところに埋葬した。それは陰鬱な作業だった。ミス・コリンズは小さなささやくような声で、しかしたじろぐことはなく、むしろ感動的に葬儀の言葉を読み上げた。炎天下の広い野原に立つ姿は、ぼろきれに包まれた草の束のように見えないこともなかった。アンドレもジェロームも、さほど私と関わり合いのある人物ではなかったけれど、原住民ができたばかりの弟の墓の近くでジェロームの墓穴を埋め始めると、私はどうしようもなく気が滅入ってしまった。何もかもあまりにもみじめでわびしかった。ドランドレノー家の二人の人間が、おのれの手でめちゃめちゃにした農場の空き地で人知れずひっそりと埋葬されている。これから会社はどうなるのだろう、と私は思った。パパ・ブートグルドが農場の管理人に指名されるのだろう。何らかの助力を得て、圧倒的に不利な状況のもと仕事を続けるのだろう。困難に直面する善人。それから、今ごろはコスターマンズヴィルに近づいているであろうガブリエルとマダム・ブートグルドのことを思った。二人が二度とコンゴ - ルジに戻らずにすむように祈った。

私たちが葬式から戻ってくると、ミス・フィニーが一同に訊いた。「こわかった人いる?」

誰もが、そんなことはないとつぶやく。

「誰もこわがることないのよ」とミス・フィニー。「何が起きたのか、みんなよくわかっているでしょう。ジャクリーヌは原住民が二人いたと言い、ガブリエルは一人だと言ったけれど、それは説明がつくことよ。村に行ってみたら、何も知らないと言われたわ。わたしは彼らの言葉を信じます。そのことはたしかだし、命をかけてもいい」

「わたしたち全員の命をかけたっていいわよ」ミス・コリンズが言った。

「なら、わかった」ミス・フィニーは快活に言った。「全員の命をかけます。村人たちは、何があったか知らない。犯人の原住民は、ほかの村からきたのよ。そして反乱でもなかった。個人的な復讐です。ジェロームが縛り首にしたムブクの男の身内ということ。だからこそ、あんなふうに死体に傷をつけたのよ。復讐したのに、それを知らしめなかったら意味がないからね。原住民が復讐に望むのはそのこと。個人的な満足だけじゃなくて、一族の名誉を救うために仕返ししたと示すことが大切なの。あの一人か二人の原住民は、副行政官を殺した男と同じ村の出身。わたしたちには興味がないし、今ごろは藪を抜けて何キロも向こうに行っているわ。だからわたしたちは安全なのよ」

ミス・フィニーがほかの面々をたぶらかして、本当に原住民がやったと思わせるのはかまわなかったけれど、私にも一つ言いたいことがあった。「村の住民だって何か気づいているはずですよ。でなければ、なぜ今朝農場に誰も現れなかったんですか?」

ミス・フィニー以外の人間も同じことを言い始めた――原住民には彼らなりの情報網があって、何が起こったか知ったのだ、と。コンゴにいると、しょっちゅう白人からこんなことを聞かされるし、おそらくそれは本当なのだろう。私は皆の言いたいように言わせておいた。

ミス・フィニーが言う。「コスターマンズヴィルから誰かきてくれるまで、わたしたちは何もできない。皆さんは、何がしたいの？」

誰もが休養を欲した。

ミス・フィニーは言った。「わたしも一人になりたい。アンリ、家に帰ってお休みなさい。今ごろはアルベールがきているはずよ。村で話をしておいたから。フープ、あなたはゲストハウスに行きなさい。エミリーは、ここに部屋があるわね。わたしはジェロームの家に行く。ハウスボーイのほかにも、ジャクリーヌについていないとね」

ミス・フィニーは私に、ジャクリーヌの家まで連れて行ってくれと言った。そうすれば、いざというとき、ミス・コリンズがぽんこつのステーションワゴンを使えるから。アンリは自分の車に乗り込んで、先に行った。ミス・フィニーと私がジャクリーヌの家に近づくと、アンリは車を停め、こちらにさよならと手を振った。こちらが手を振り返すと彼の車は再発進し、カーブを曲がって見えなくなった。

ミス・フィニーが私のほうを向く。「これで授業はおしまいよ、フーピー。ゲストハウスに行きましょう」

「ジャクリーヌを見張っていたいのではないんですか？」

「みんなが、わたしがジャクリーヌについていると思っているかぎり、誰もあそこには行かない。ジャクリーヌだって、わたしがみんなと一緒だと思ったら、家にいるわよ。まあ、考えてみてよ」と彼女はつけたす。「わたしはもう、誰が誰を見ようとかまわない。バッグにウィスキーはある？」

ウィスキーはあった。

「日暮れ前に飲む習慣はないんだけど」とミス・フィニー。「きょうは飲みたい気分なの。さあ、おしゃべりしましょうよ」私たちはゲストハウス前に車を停め、中に入った。私はトラック後部からバッグを持ってきて、二人でブッシュボールを作った。ウィスキーを塩素消毒した水で割った飲み物で、氷は抜きだった。最初の二、三杯はすこぶるまずいが、じき慣れてしまう。それに、あの午後の我々にはどうしても必要な酒だった。

Ⅳ

ゲストハウスの一人用寝室はとても狭かった。ミス・フィニーはベッドに腰かけた。私が腰を下ろしたかたい椅子よりは、座り心地がましだったからだ。ミス・フィニーはグラスを片手に座り、二杯ほどあおると、ぐったりした。

「だいじょうぶですか?」私はたずねた。

「いいえ」彼女はのろくさと言った。「気分は最悪。わたしは五十歳のおばあさんよ、フーピー。太りすぎてるし、ずっと不細工だったし、ゆうべは寝てない。誰だってこんな条件がそろったら落ち込むでしょ」

「お気の毒に。これまでは明るくきびきび行動していましたね」

「そうよ。ずっとしゃんとしてたわよ。暗闇で口笛を聞いたことがある、フーピー?」

私は、ときどきそんなことがあると答えた。

「わたしもよ。でも、この二十四時間みたいにひんぱんだったことはない。距離を置いて客観的に考えようとしてみた。おもしろかったわよ、考えるのは。答えが出たら、口笛を吹きたくなるだろうな」

「ぼくもですよ。もし、それがぼくの考えている通りなら」

彼女はもの問いたげに眉を上げる。

「あなたの解答がなんだか知りませんけど、アンリをあやしいとにらんでますね。ぼくはアンリが好きなんです」

「あなたの困ったところはね、フーピー。容姿がいいとすぐ好きになってしまうところよ」

「かもしれません」私は認めた。その傾向は自覚していた。そこで話題を変えた。「あなただって完全無欠じゃないでしょう。あなたの思い違いを一つ見つけました。ナイフですよ」

ミス・フィニーは一瞬訳がわからないようだったが、急にだらけた姿勢をしゃんと直した。

「わたしとしたことが！」

「ブートグルド家で披露したよた話の中で、あなたはよその村の原住民の仕業だと言いました。それでは、あのナイフが現場にあった説明にならない。パパ・ブートグルドはだませなかったですよ」

「ジェロームの遺体を動かしたとき、あなたがた二人はナイフに気づいたのね。アンリかエミリーか誰かに、そのことを話した？」

「ぼくは、誰にも言ってません。パパ・ブートグルドのほうは保証できませんが」

ミス・フィニーは肩をすくめ、また沈んだ様子になった。「たいしたちがいはないわ。わたしが誰かをだませたかどうかも。わたしはジェスチャーを見せただけだもの」

「ぼくにちょっとは本当のことを打ち明けたらどうですか?」私は、ただ口にするものがほしいために、二杯目の弱い酒をたがいのグラスについだ。

「あなたは、二回の殺人に関してまるで支離滅裂に見える状況を知っている。それから農場での生活全般についてもね。状況を正しく知るには、想像力を働かせて、一つの状況からほかの状況を説明するにはどうしたらいいか、物語を作ることね。多くを説明できるほど、あなたの創作も正しい訳よ。わかる?」

「ええ。でも、あなたがどんな創作をしたのかわからないですよ」

ミス・フィニーは謎ときの過程を繰り返しながら、だんだん活気づいてきた。「こういうことよ。単独では意味をなさないことが、たくさんあった。集団になるとなおさら意味がなかった。それぞれを結びつける未知のことがらがわからなかったから。バフワリで、ジャクリーヌがアンドレに赤痢菌を与えたのはたしかよ。彼のベッドサイドの水差しに混ぜることだってできたはず。でも、なんだって彼女は彼を殺したかったの? その説明が必要だった。意味不明の行動だもの。ジャクリーヌについては、ほかにもあった――ここにきてから、彼女はなぜかいきなりアンリを嫌いになった。アンリの行くところには決して行かないし、家にも入れようとしなかった。誰にも説明できないし、アンリだってできない。あなたは、ジャクリーヌが魅力的な若い肉体に飢えていることぐらい知っているでしょう。アンドレとパパ・ブートグルドしかいない、こんな土地でなら、なおさらよ。それから、ジャネットの本の件。ガブリエルとアンリは、慰めより苦痛をもたらすから本を処分したにちがいないわ。アンリは捨てたのではなく、燃やしたことを知ってるわよね。だとしても、アンリが処分したことについて、ガブリエルの説明があってもよかったはずよ。でも、それも理屈が通らない。ジャネットの死の記憶が薄らぐにつれ、彼女の所持品はアンリにとっては苦痛より喜びをもたらすはず。彼女が亡くなった当初、どれだけ悲しんだとしてもね。もう三年も経つのに、なぜいきなり本を燃やしたの？　ガブリエルが本を見てから二、三カ月、あるいは二、三週間のうちに」

「で、あなたはすべてを説明できるストーリーを考えたのですね」

「あれこれとね。でも、一つだけ考える必要のないことがあるの。ガビーがアンリに夢中なことぐらい知ってるわよね？　あなたの前では、彼の話はしないでしょ。彼女は子どもだったころ、ジャネットとアンリに、特別な愛情を持ったの。ジャネットが亡くなったとき、ガビーはそれまで彼女に注いでいた愛情をすぐにアンリへの愛情と合わせたのよ。そしてその後、アンリに太刀打ちできるような男性とは出会わなかった。少なくとも、あなたという見込みの薄いライバルが登場するまではなかったわね。アンリを愛さなかったら、ガビーは正気でいられなかったでしょう。でもね、説明が要るのは、なぜアンリがガビーにチャンスを与えなかったかということよ。ガビーは若くてきれいだし、最高の妻になれるタイプだわ。彼女はジャネットと感情的な絆を持っていたし、そうなるとよくあること――妻に死なれた男が亡妻の妹や親友と結婚するってことになりがち。おまけにアンリは、呼吸するのと同じように女性を必要とするし、呼吸するのと同じくらい自然に女性に惹きつけられるタイプ。では、なぜガビーではだめなの？　ガビーに好意を持っていたのに、何もなかったのはたしかよ。ジャネットが亡くなってからそばにいた女性といえば、ガビーだけなのに」

「ほんの数カ月でしょう。ジャクリーヌがくるまでは」

「そこが肝心なのよ。アンリとジャクリーヌは愛人関係ということ。ここ数年、彼らは愛人だったの」

「なんですって？」

ミス・フィニーはため息をついた。「決まってるじゃない。おつむを使うのよ、フープ」

それから時間をかけてグラスの酒を飲み、疲れたような顔をした。「氷がなくて残念」

「でも、ジャクリーヌはアンリが好きじゃなかった」私はくどくど言った。「たった今そう言ったじゃないですか」

「それこそ、説明になるのよ。ジャクリーヌたちがきたばかりのころは、二人は仲良くやっていたの。アンリはジャクリーヌの家に入り浸りでね――アンリから聞いたでしょ。いつ二人が愛人関係になったのか、正確にはわからないけれど、ジャクリーヌがきてまもなくのはずよ。彼女のいつもの手は使わなかったと思う。アンリはジャネットの思い出を大切にしたはずだなんて、言わないでよ。奥さんのことは本当に愛していたけれど、アンリみたいな男のために『心と体は別』っていう言い訳があるんだから。頬髯《ほおひげ》を生やし始めたころから、欲求を解放するようになったんだろうと思う。ジャネットを失った悲しみから逃げる手段にしたかもしれない。アンリみたいな男にとっては、セックスそのものは不貞ではないの。わたし自身、それを不貞とすべきかどうかわからない。ジャクリーヌとの関係がいつ始まったかわからないと言ったけれど、あえて日付を挙げるとすれば、ジャクリーヌが初めてアンリ・ドビュックは好きじゃないし、いっさい近寄らないでほしいと言った日だと思う。二人が最初に口げんかを演じたときからさかのぼって、二十四時間以内じゃないかな。彼女はアンリを好きじゃないどころじゃなかった。ただの隠れみのってこと」

「それでガブリエルとのことが、腑に落ちます」

「そうよ。ジャクリーヌさえ現れなかったら、適切な時間を置いてアンリがガビーと結婚したのはほぼ確実よ。ジャクリーヌとの関係みたいにすばやく運ばなかったはず。あのあばずれとちがって、ガブリエルじゃあただ欲求のはけ口にする訳にはいかなかっただろうし。勝手に辟易していなさい。わたしは露骨だからね、でもアンリみたいな男の精神生物学は心得ていますからね。ガブリエルみたいないい娘《こ》と、ちょっとお楽しみなんてまねはできない。アンリは正直すぎるから」

私はまたしても辟易した。

「そういう意味で言ったんじゃないの」ミス・フィニーはすばやく反応した。「あなたとガビーのあいだで、ことがどう起きたかは理解できますよ。さあ、ちょっとはよくわかった気がする？　ガビーとの結婚についていてだけど」

「今話しているのは、そんなことじゃないでしょう。あなたは、ジャクリーヌにつかまっているあいだは、アンリはガブリエルを愛せなかったという意見なんですね？」

「ちょっとちがうなあ。悪い女とつきあいながら、善良な女とまっとうな恋に落ちる男はたくさんいるわ。でもわたしは、アンリはすぐに深みにはまったんだと思う。この農場の窮屈な状態から考えて、アンリがほんの二回でもガブリエルを見つめたら、あの色情狂の大根女優がどんな騒ぎを起こすか想像できるでしょ。これまでさんざん遊んできたといっても、アンリほど好みにぴったり合う男を知らないか、さもなきゃつかまえておこうと決めた男はいなかったんじゃないかな。昔の賢人が言ったように、女は若返ることはできない。災いが自分の身にふりかかるとしても、彼を引き止めておくためなら、農場を引っかきまわすこともいとわなかったはずよ」

「で、それがほかの何を説明するんですか?」いろいろなことが符合すると納得し始めながらも、私は質問した。

「彼女がアンドレを始末した理由が説明できるわよ。ここで、どの程度のプライバシーが守れるか知ってるでしょ。招かれないかぎり人の家を訪問しない習慣だとはいっても、アンリとジャクリーヌが会うのは危険よ。ジェロームはいつもプランテーションを見回っていたけれど、それにしても、アンドレが同じ屋根の下にいたしね。ときには兄弟で留守にすることもあって、それはとっても好都合だったにしても、たいがいは人目を避けたり、こっそり家に出入りしなければいけなかったはず——ジャクリーヌがアンリのもとへ行くとか、二人でゲストハウスを使うとか、いろいろね。何が起きているのか、知らない原住民はいなかったと思うけど、彼らはそれを決してしゃべらない。でも、いつまでも秘密にしておくことはできなくて、おそらくはジェロームの留守中油断したか運が悪くて、アンドレが兄の妻の不貞の証拠をつかんだんだと思う」

「脅迫ですか」

「アンドレならやりかねない」ミス・フィニーは認めた。「脅迫者が殺される率がひどく高いのは常識よ。アンドレが何を要求したかはわからない。たぶんお金じゃないかな」

「アンリはすかんぴんでした」

「そのせいよ。でも、気になるのは、どうやってジャクリーヌがバフワリのアンドレに会ったかということ。あなたは、ジャクリーヌが家にいることをアンドレは知らなかったと言った。もしかしたら、ジャクリーヌのほうでアンドレを待っていたのかもしれない。あなたが英国航空直営店《エアウェイズ・ハウス》で見かけたとき、アンドレはジャクリーヌを待っていたのかもしれない――レオポルドヴィルに向かう飛行機の乗客は、あの宿に泊まるから。あの二人は待ち合わせに失敗したのかもしれない」ミス・フィニーは苦々しげに言った。「わたしの人生で唯一恋人だった男のことはよく知っているから、アンリを脅迫してお金を要求し、ジャクリーヌからは別のものをゆするくらいは、やりかねないと思う」

「ずいぶん同胞を冷たい目で見てるんですね」

「おおぜいの人間を見てきたからね。あんたってエミリーみたい」この言葉で、私は黙らざるをえなかった。「ジャクリーヌがそれに応じるつもりだったと言う訳じゃないの」ミス・フィニーは続けた。「口約束はしたんでしょう。守るつもりはさらさらなかったけど――道徳的な理由じゃないわよ、ジャクリーヌにそんな価値観はないもの――嫌悪感と安全をおびやかされるせいで。たぶんバフワリでなんとかアンドレと顔を合わせないようにして、水差しが決着をつけることを当てにしたんでしょう。じっさい、そうなったし」

「そして、アンリが培養菌を与えたと思っていますね」

「ちがう方向に考えようとしてみたわ。ジャクリーヌが実験所から盗み出したと思いたかったけど、それは無理そうなの。それこそ、アンリが本を燃やしたときのことだと思う。何もかも絶望的なところまで堕ちて行って、高をくっていたような浮気沙汰じゃすまなくなってきた。アンリはジャネットとの絆を思い出させるものをすべて破壊したの。それ以上手元に置いたら、彼女を汚すことになると思ったんじゃないかな。アンリはいい人だから」

「もしジャクリーヌに菌を渡したのなら、彼は殺人者です。あなたはアンリを、いい人でしかも殺人者だと言うんですね」

「そうよ」

「それはありえない」

「いいわ、じゃあ」ミス・フィニーは辛抱強く続けた。「彼は悪い人だった。まったくフープったら、何もかも黒か白かに分けられるものかしら？　善良であると同時に邪悪でいられるものよ。誰でもそう」

「それほど悪くはないでしょう」

「誰もがあれほどのっぴきならない破目に陥ることはないわよ。その話はやめましょう。何を説明していたんだっけ？　なぜ、ジャクリーヌはアンリを嫌いだと言い張ったのか。なぜ、アンリはガビーに言い寄らなかったのか。なぜ、アンリはジャネットの本を燃やしたのか。それから、なぜジャクリーヌにはアンドレを殺す動機があったのかっていうことよ。わたし、ほかにも何か言った？」

「まだですよ」

「お酒をついでちょうだい」ミス・フィニーは要求した。「それから、もっと薄めて」私が飲み物をつぐと、ミス・フィニーは「ありがと」と言って酒をすすった。「わたし、くたくたなの。何もかも終わってしまえばと思う」

「これからどうするつもりですか？」

「アンリに話をするわ」

私は自分の手に酒をこぼしてしまった。「そうすれば、彼が逃げられるからだ！」どれほど彼の逃亡を望んでいたのか、やっと私は自覚した。

ミス・フィニーは、あいたほうの手を半分おもしろがって振る。「ここから逃げられると思う？　どうやったらいいの？　コスターマンズヴィル以外に行くところがある？　反対側に逃げたら、原住民が市場《いちば》を立てる村に行きつくだけよ。そして、コスターマンズヴィルがどんな町か知っているでしょう。人に見られずにあそこに出入りするチャンスがどれだけあると思う？」

「でも、当局が彼らのことを知る前に、あそこに入ることはできるでしょう」

「同じことよ。コスターマンズヴィルっていうのは、ほかのコンゴの町と変わらないの。入るための道が一本、出て行く道も一本だけ。湖には蒸気船があるけれど、陸路を行くより遅いし、到着地は同じキセンイよ。二人がキセンイに行ったとして、さもなければ、そうね、ウスムブラに行ったとしたら？　どこへ行っても、入る道も出る道も一本だけ。それからまた別の町に行ったとしたら？　はるばるレオポルドヴィルに行くことはできるかもしれない。でも、無線を使えば彼らはつかまってしまうわ。ねえフーピー、コンゴはアメリカのミシシッピ川からアトランティック川にまたがるくらい広いけれど、白人が旅する道路の選択の幅は狭いし、とぼしい川には支流もないの。コンゴで指名手配されたとなったら、ナイアガラの滝で綱渡りをするのと同じくらい人目を引くことになる。藪の中に隠れるなんてのは、自殺行為ね。巡回医師や宣教師がかぎまわらなかったとしても、原住民の村に隠れようとする白人の男がいたら、原住民の情報網であっという間にコンゴじゅうに広まるんだから、聞いたら頭がくらくらするわよ。周囲の人間が認めないかぎり、コンゴから逃げ出すのは不可能ということよ」

「飛行機があるじゃないですか」私は苦しまぎれに言った。「南アフリカに逃げるとか――ケニアかエジプトでもいい。カイロは大都市です。二人は――」

「ばかげたことを言ってるんだと、わかってるくせに。まず、パスポートの問題よ。運がよければ、なんの優先権もないのに二週間前に席を予約できるかもしれない。でも、たいてい一カ月は待たされる。それに、飛行機会社は殺人犯に優先権は与えません。万事休すね」

「あなたが通報しなければ、そんなことにはならない。あなたは、アンリに話すつもりだと言ったばかりじゃないですか」

「おどおどするのは、やめなさい。あの二人は殺人犯なのよ」

「なぜアンリがやったと確信できるんです？　何もかも、あなたの当て推量じゃないですか。誰も何も言わなければ、当局は原住民がやったと思いますよ」

「そうして、連中の二、三人を吊るし首にする訳ね。だけど、通報する気はないの。わたしのもくろみは、あとで話してあげる。あなたはちょっと先走りすぎてるわよ。わたしはまだ、ジェロームと原住民のことは何も言ってない。アンドレの話をしただけでしょ」

私の目の玉は飛び出しそうになった。「結局、原住民がやったと思ってるんですか？」

「そういうことじゃないわよ」

「なら、話してくださいよ。あなたが推理したことを」

ミス・フィニーは自信なさそうに、悲しげになった。「完全にはわからないのよ、フープ。ある程度はわかるけれど、全部ではないの。全貌を知ることになるかどうかも、心もとない。なぜ彼らがジェロームを殺したと言えるの?」

「アンリとジャクリーヌがですか? ぼく、そんなこと言いませんよ」

「二人がやったのよ。どう思う?」

私は考えをまとめながら話した。「文明国での殺人には金が絡むものです。ドランドレノーにはほかに兄弟や身内がいますか?」

「いいえ。今やコンゴ‐ルジに残されたものは、すべてジャクリーヌのものよ」

「じゃあ、アンリとジャクリーヌには逃走資金ができる訳です。どれだけ経営状態が悪いとしても、すべてを売却すれば、二人がしばらくどこかで生き延びるだけの金はできるでしょう。ついにはベルギーに帰れるかもしれない。新しい生活を始めるまでは、金がもつでしょう」

ミス・フィニーは首を振った。「ジャクリーヌにはそれができるでしょうけど、アンリには無理よ。そこまで利己的になれないもの」

「ジャクリーヌに赤痢菌を手渡せるほど利己的だと思ったのに?」

ミス・フィニーは手を振って、私の口出しを止めた。「彼はお金のために人殺しをする質《たち》じゃないわよ。どれほど貧乏になっても、若くて健康なんだからなんとか生活していける。彼はジャクリーヌと駆け落ちするために殺したりしない。もっと聞きたければ、アンリはジャクリーヌと別れたがっていると言ってもいいわよ。金銭目当てという陳述は却下するわ」

「なぜ、そんなに確信が持てるんですか――二人が――ジェロームを殺したなんて。動機が見つからないのに」

「手がかりがありすぎるからよ。あのナイフを現場に残すなんてばかげてる。ジェロームの家や事務所で働いたことのある原住民なら、誰だってナイフのことを知ってるし、盗ることもできた。でも、わたしたちの村の原住民がジェロームを殺したいと思うのはありえない。思ったとしたところで、あのナイフで殺すなんてメロドラマを演じる趣味はないわよ。ムブクのナイフですらないんだから。現場にナイフを残したのが、一番の失策ね。二人ともすっかり動転してたんでしょ。事前に計画した殺人じゃないってことね。ムブクの副行政官殺しのまねをするなんて、追い詰められて急場しのぎにやったことよ。このナイフは――だめ、犯人が白人だという証拠になる。原住民のじゃない」

「でも、なぜ白人が犯人だとアンリになるんです？」私は食い下がった。「ガブリエルの話はどうします？」だんだんミス・フィニーに腹が立ってきた。「窓から放り投げますか？彼女は原住民を見たんですよ！　原住民がジェロームの遺体にしたことも、村に通じる道に放置した現場も見たんですよ。あなたは、黒人の扮装をしたアンリがすべてやったと言うんですか?」

「そして」ミス・フィニーは応じる。「あなたが懐中電灯を持って道をきたとき、彼女はもう一人の原住民だと思って、『ヌ・ム・トゥシェ・パ』と言った。それが正確な言葉でしょ?」

「その通りです」

「フープ、しっかりしなさい! 彼女はフランス語をしゃべったのよ。フランス語を! ガブリエルは原住民と話すのに、フランス語なんか使いません。黒人の少年が子守りだったから、現地語をしゃべってお尻を叩かれる子だったのよ。子どもというのはまずリンガラ語を覚えるから、リンガラ語をしゃべりたがるの。フランス語より簡単なの。ガブリエルは、現地語で原住民の民話を話すことだってできるわ。ジャネットを手伝っていたけれど、フランス語と現地語とどちらにもすらすら通訳できるの。原住民には原住民の言葉で話しかけるのが、身に着いていた。原住民のほうには、フランス語がわかる人間がろくにいないしね。彼女はあなたを原住民だと思ったわけではないのよ——白人、それもフランス語を話す白人の男だと思ったの。ジェロームと一緒にいる原住民なんて見なかった——彼女が見たのは、白人の男だった。その男が村へ続く道を行くところなんて見なかった。見たのは、農場の方向に、きた道を引き返す場面よ。藪の中を明かりがゆらゆらするところを見たときは、男が何かの理由で戻ってきたのだと思った。近道を通ってね。自分が照らされたときは、殺人犯の持った明かりだと思った。白人だったから！　原住民だとは思わなかったのよ。原住民だと思ったら、ガブリエルはなんて言ったかわかる？　『コバ！　コバ‐デュ・バイ！　コバ‐デュ・バイ！』って言ったはず。いったい、それを『ヌ・ム・トゥシェ・パ』と聞き違えたりするものかしら？」

「わかった、わかりましたよ」次に聞かされることを考えると、私は胃がむかむかしたが、ミス・フィニーはためらわない。

「なのに、ガブリエルは原住民に関するたわごとを並べ立てた」ミス・フィニーは続ける。「なぜなら、彼女は白人の男も、男が死体にやったことも見たし、そんなことをした理由も、村に通じる道に放置した理由も知っていたから。だけど、アンリのことは愛していた。藪の中だろうとどこだろうと、アンリにふれられるのはいやだったかもしれない。でも、アンリが犯人だとばらすことはできなかった」

「アンリだとはかぎらないでしょう！　それは――ほかにもガブリエルが守りたいと思う男はいるじゃないですか。白人の男がもう一人。なぜ、パパ・ブートグルドじゃいけないんですか？」

ミス・フィニーは、空《から》になったグラスをどんと置き、絶望したように両手を挙げた。「いいかげんにしなさい、フープ。なぜサンタクロースじゃいけないかって？　くわしい理由を知りたければ言うけど、セザールはナイフの件であんな失敗はするはずがないからよ。彼は原住民の習慣を知りつくしてる。ナイフのことで、へまはしなかったはず。アンリがジェロームを殺したのよ」

私は打ちのめされ、無力感を味わった。「まだ説明してないことが、たくさんあるんですね」

「知らないことが山ほどあるの」ミス・フィニーは認めた。「とりあえず、わかっているのはこれで全部よ、フープ。ああ、休みたい。いえだめ――そんなことはできない。ジェロームの家に連れて行ってちょうだい、フープ。手紙を書かなければ」

私はミス・フィニーの顔を見た。

「そう」彼女は言った。「アンリへの手紙よ」

七　結末

その晩遅く、私がサンドイッチをもらいにブートグルド家に行くと、ミス・コリンズがミス・フィニーから伝言をことづかっていた。ミス・コリンズは辛辣な調子で、メアリーは「ちょっとした書き物」を終わったけれど、自分には話してくれない、と言った。あなたなら、どういうことかわかるんじゃないの？　今までは、ほかの人には黙っていることでも、わたしには話してくれたのに。独断的な態度丸出しで、全員荷造りして、朝になったらブートグルド家からコスターマンズヴィルに向けて出発する準備をしてほしいと言っている。全員七時までに集合することと言っていた。でも、メアリーから出発の許可を得るのは正午まで待たなければならないかもしれない。誰もあとに残ってはならないけれど、メアリーはその理由を説明してくれない。ミス・コリンズはすべて伝え終わるころには、怒りのあまり息が詰まりそうな様子だった。

私は言った。「あなたのパートナーは、その気になるとずいぶん偉そうに命令するんですね」ミス・コリンズは、子どもを守る野ネズミのようにかみついてきた。「メアリー・フィニーを悪く言ったら許しませんよ！　彼女はすばらしい人です！」そして、私のサンドイッチを作るために、誇らしげに台所へ歩いていった。

メアリー・フィニーを悪く言う気は毛頭なかった。だが、その晩ベッドに入ってから、彼女がアンリについて言ったことをすべて考えてみると、彼女の推論には欠陥が見つからなかったけれども、やはりアンリはいいやつだと思えたし、ミス・フィニーが作り上げた総論ではなく、真実を知りたいと思った。どれほど彼女の言う事実が正しいと証明されようとも、その事実こそが一人の男の真実の姿をゆがめ、私たちが彼に持っている印象を悪くしてしまうのだということはわかっていた。

指示にしたがい、私は翌朝ブートグルドの家に出かけた。ミス・コリンズとパパ・ブートグルドは荷造りを終え、いつでも出発できるようだった。三十分ほどしてミス・フィニーがやってきた。見たことがないような暗くむずかしい顔つきで、口をきっと結んでいる。力をつけるために私たちがちゃんとした朝食を摂っているあいだ、ミス・フィニーはコーヒーを一杯飲んだ。それから、ミス・コリンズとパパ・ブートグルドにステーションワゴンに乗りなさいと言った。ジャクリーヌとアンリがきたら、私のトラックとアンリの車で、四人であとから行く。途中で追いつかなかったら、コスターマンズヴィルのグラン・オテル・ド・ブリュッセルに全員の部屋を取ってほしい。ガビーとマダム・ブートグルドがいるはずだ。それからもう一つ、とミス・フィニーは言った――コスターマンズヴィルからこちらに向かってくる車に出会ったら、それはおそらく農場にくる警官たちだ。方向を示して、私たち（ミス・フィニーと私）の車に注意するよう言ってほしい。自分が事件についてすべて話すし、必要なら警官たちと一緒に農場に戻る。私は、これはぺてんだと思った。彼女が見たこともないきびしい表情で話したいろいろなことについても、同様だった。だがミス・コリンズとパパ・ブートグルドは、言われるままにステーションワゴンに乗り込み、出発した。

ミス・フィニーは私に言った。「一時間の余裕を持たせてあげたわ。追いつきたくないもの」

「それで、アンリとジャクリーヌを待つんですから」私は、ミス・フィニーに思い出させた。

「待つ気がないことぐらい、わかってるくせに」ミス・フィニーは言ったが、いつものかみつくような調子はない。「あの二人は置いていくのよ」

コスターマンズヴィルへのドライブは陰気だった。ほとんど、ミス・フィニーは眠るか眠ったふりをしていた。ときおり、とりとめのない話をした。二人とも頭にあることには、一切ふれないようにしていた。

途中、コスターマンズヴィルからやってくる警察に会った。総勢四人で、ミス・コリンズとパパ・ブートグルドから私たちがこないか停まって見ているようにと言われた道端に駐車していた。

「いいえ、あなたはここにいて、フープ」私があとについてトラックから降りようとするのを、ミス・フィニーは押し留めた。十メートル先まで車を走らせて、ミス・フィニーを待つように言われたが、私は十メートル離れたところから、彼女が男たちに話をする様子をじっと見た。何を言ったのかはともかく、聞き手から大きな反応を引き出していた。彼女はこちらに背を向けていたが、男たちの顔が驚き、信じられないというふうになり、それから非常に心配そうになったのはわかった。話はかれこれ二十分ほどかかり、最後に男たちは敬意を込めて彼女に向けてヘルメットをかかげた。ミス・フィニーは車の助手席に戻ってきたので、私たちはまた出発した。コスターマンズヴィルに着くまで、彼女は沈黙を守り、こちらを寄せつけなかった。ただ、一度だけポケットに手を突っ込んでハンカチを取り出し、私の膝に放った。血痕から、あの晩、私が手をぬぐったハンカチだとわかった。血は乾いてくすんだ茶色に変色していた。

「それは用済みですか?」私は訊いた。

「ええ、もう用済み」ミス・フィニーは表情を変えずに言った。「すべて終わったから」長らく黙って走っていたが、また彼女はつけくわえた。「アンリが服を処分してしまったら、あの血痕が必要になると思ったのだけれど、結局わたしにはもう必要ないし」彼女は、それ以上語ろうとせず、私が窓からハンカチを捨ててしまったときにも、何も言わなかった。

私たちは、遅めの夕食には間に合う時間にホテルに到着した。皆がジャクリーヌとアンリはどうしたのかと訊いてくると、ミス・フィニーは、警察と一緒に農場に戻ったと答えた。夕食後、一同は部屋に引き取った。

ミス・フィニーは自分の部屋の戸口で立ち止まり、言った。「ちょっとお入りなさいよ、フーピー」

　私は彼女について中に入り、彼女はドアを閉めた。ちょっとのあいだ、彼女は落ち着かない様子で部屋を行ったり来たりしていたが、いきなりスーツケースのところへ行き、分厚い白い封筒を取り出した。

「もう、読んでもいいわよ」出し抜けに彼女は言った。別の感情を抑えているのだと知らなかったら、荒っぽい言い方に感じられたかもしれない。「先に説明しておく。きのうの午後、あなたに話した通りの内容の手紙をアンリに書いたの。彼の家に持って行ったら、アルベールがまだいた。アンリは寝ているけど、アルベールは一時間後に起こすように言われていたの。わたしは手紙をアルベールに渡して、起こすときに手渡すように言ったの」

　ミス・フィニーは白い封筒を手に持ったまま、言葉を切った。私は手を伸ばした。

　ミス・フィニーは手を引っ込めた。「ちょっと待って。わたしが手紙に書いたことはわかってるわよね。きのうの午後、話したのと同じよ。朝七時に実験所のジェロームの机に返事を置いたら、わたしたちはアンリとジャクリーヌを置いて、全員引き上げるとも書いたの。でも、七時に行ってみて、手紙の代わりに彼自身がいたら、話し合うことになるってね。で、ジェロームの机にはアンリからの手紙があったの。それが、これ。わたしは今朝、あなたに会う前に読んだ。さあ、今お読みなさい」

ミス・フィニーはベッドに寝そべり、私から顔をそむけた。私は部屋の反対側のすみにある椅子に腰を下ろし、封筒から手紙を出した。今でも私は、その手紙を持っている。警察が記録としてコピーを取ったのち、ミス・フィニーが本物を私にくれたのだ。内容は以下の通りだった。

親愛なるミス・フィニー

僕が手紙の書き出しに苦労するのは、おわかりのことと思います。書いていくうちに、楽になるでしょう。あなたが関心をお持ちのことについて、知っていただきたい——好奇心を満たすのではなく、僕を正当に理解してほしいのです。あなたは、ジェロームの死にまつわる説明を求めませんでしたね。でも、知りたくてたまらないのでしょう。アンドレの死に関するあなたの推理がおおむね正しいことは、言うまでもありません。でも、僕の性質を無慈悲だと決めつけ、のっぴきならない状況に追い込まれて取った極端な手段を強調した点では、あなたはいささか性急でした。今回の件から遠ざかるにつれ、あなたの見方も今ほどきびしくなくなるでしょう。僕は、自分が善良だなどと言うつもりはありません。邪悪な環境の犠牲者だとか、悪女のたんなる手先だったなどと言うつもりもありません。ジャクリーヌの言いなりになるような男ではなかったことは、何人《なんぴと》にもわかってほしいのです。あなたの現在のお考えでは、まるで僕がそんな男だったことにされてしまう。そこで、あなたに真実をお知らせするため、この手紙を書きます。これを読めば、二、三日じゅうに恐ろしい事件が知れ渡ってから、あなたが僕の極悪非道ぶりをおおげさに広めることもないでしょう。コンゴにはあまり友人はいません。ベルギー時代の友人がどうなったかは、見当もつきません。けれど誰にも、この僕をじっさい以上に悪い男だと思ってほしくない、そんなのあまりにみじめです。さほど親しくない人間の僕に対する評価が、とりわけ気にかかります——あのアメリカ人です。彼は僕らを見て、藪に囲まれた最悪のみすぼらしい奇妙な生活、ろくにロマンスもなく退屈なだけの生活、文明国に帰るときを待つだけの生活を送ったあげく、メロドラマじみた悪夢に陥ったという印象を持ったでしょう。あのアメリカ人は原住民の芸術に興味を持っています。最高の品——象牙の魔よけ——はすでにあげましたが、僕の家にまだほしいものがあるようだったら、彼が持って帰るよう取り計らっていただけますか？　彼以外に、僕の所有物をほしがる人間は思い当たりません。ほかにはガブリエルが、居間に飾ってある兄の描いた絵をほしがるかもしれません。あの絵はジャネットが好きでしたから。ジャネットの持ち物は、捨ててしまいました。理由はあなたもお察しの通りです。ジャネットが書いた原住民の民話の本は、ガビーも手伝っていたし、とっておけばよかったと思います。ガビーにあげれば喜んだでしょうが、僕はすべて処分してしまいました。この手紙でジャネットにふれるのはこれが最後です。僕の人生で彼女の名を出すのも、これが最後です。

あなたの手紙は微に入り細に入り、情け容赦ないですね。アンドレは数カ月前、どういう訳かジャクリーヌと僕の関係をかぎつけました。あなたは是非聞きたいでしょう。もちろん、アンドレはショックも受けなければ立腹もしませんでした。ああいう男でしたから。思うに、彼はまず、間男された兄の状況を三文喜劇風におもしろがったのでしょう。自分はコンゴに送られて朽ちていくのに、ヨーロッパで安楽な暮らしをしていたジェロームを、苦々しく思っていたのです。僕から見れば、ドランドレノー家が若いアンドレをこの地に寄こしたのは、本国にいても厄介者でしかないのだから当然です。会社が経営難に陥ったころ、ヨーロッパの快適な生活を捨てて植民地のつまらない単調な生活に入ることになった兄の不運を、アンドレはおもしろがっていました。しかし、ジェロームが農場の再建に本腰を入れ、アンドレにも幾分かの努力と責任を強いるようになると、アンドレは怒りを覚えたのです。もちろん、兄の究極の恥辱を知って喜びました――ジャクリーヌの不貞を発見したのです。アンドレが唯一女性に求める魅力を持った女性を妻としているというので、ジェロームを妬んでもいたのでしょう。

僕がジャクリーヌに辟易していたというあなたの指摘は正しい。たえずジェロームのことでつまらない愚痴をこぼして、自分は運が悪くてあんな男と結婚することになったと聞かされるのには、うんざりでした。ジェロームと結婚しなかったら、ずっとみじめな境遇になっていたでしょうに。彼女の嫉妬深さにも、常軌を逸した自己憐憫にも、いつまでも関係が続くと思い込んで、愛人としてヒステリックにあれこれ要求するところにも、嫌気が差していました。僕としては、よくある情事以上に発展するなんて考えたこともなかった。恋の予感があって、それから最初の数週間の新鮮味が失せたのち、恋愛の勢いもなくなることって、世間にざらにある話でしょう。アンドレが僕たちのことをかぎつけてからああいう展開にならなかったら、僕はあんな関係を終わりにして、ジャクリーヌが強要する責任も取っていたでしょう。

アンドレが金銭を要求することはありませんでした。でもいったん自分の手にした武器の力に気づくと、いろいろな方法でその力を行使しました。気が向けば、いつでも僕の家に押しかけてきて、ウィスキーを持ち出しました。あんな状況でなければ殴ってやるような言葉で、僕を侮辱しました。僕とうすぎたない秘密を共有しているのだという態度に出て、ジャクリーヌが一人でいるところを見つけたときには、卑猥な言葉を浴びせました。

ある晩アンドレは僕の家にやってきて、ウィスキーを要求し、座って飲み始めました。僕が予想もしなかったような卑しさをあらわにして、ジャクリーヌとの性行為を専門用語で説明しろと言い出したのです。僕は、おまえなんて男として殴る価値もないと言って、ひっぱたいてやりました。言いたければなんでもジェロームに言えばいい、勝手にしろ、と言ってやった。僕はアンドレがジェロームに言いつけようと言いつけまいと、どうでもよかった。最悪でも、不愉快な場面をやりすごして、新しい仕事を見つけるまでのことです。それこそ、僕が望んでいたことなんですから。この不愉快きわまる状況から脱出できるかもしれない。それでも、ジャクリーヌに対していささか責任はあったし、ジェロームに対して含むところはまったくなかったのです。こちらの堪忍袋の緒が切れるようなことをアンドレがしでかさなければ、僕は彼を容赦できたはずです。

ジェロームのところへ行くかわり、アンドレはジャクリーヌのところへ行きました。彼女は半狂乱になりました。一銭ももらえずにジェロームに離婚されてしまうと思ったのです――彼女には持参金も自分の財産もなく、僕には彼女を助ける財力などないことも知っていた。アンドレが口止め料として要求した内容は、お察しの通りです。ジャクリーヌは、バフワリでアンドレと会うことに同意しました。バフワリの家に残った持ち物をまとめるため、ジェロームの使いでアンドレが行くことになっていました。彼女に赤痢菌をくれと言われると、僕はそれを渡しました。それが殺人だというなら、僕は有罪です。アンドレは人間だとは思えませんでした。僕なら、自分の行為を「駆除」と呼びます。

ジャクリーヌが農場に戻ってきた晩、すでにあなたと会っていたし、アンドレが死んだことも知っていました。でも彼女は、ことの次第を正確に知りたがった。ジェロームのところへ直行せず、僕の家にきたのです。ガブリエルが車の音を聞いたのは、そのときです。この辺では、夜の物音から距離を判断するのはむずかしい。車が密な藪に入ってからは、ガブリエルには音が聞こえなかったはずです。ガブリエルは自分の部屋か、崖に出る藪の道にいたのでしょう。ジャクリーヌがそのあと車で帰った音は聞いていないと思います。

あの晩は早く寝たと話しましたが、それは本当です。ただ僕は、服を脱いでベッドに入った。ジャクリーヌが部屋に入ってきて、僕を起こしました。彼女はベッドに腰かけ、僕はすべてうまく行ったと話しました。あなたが示した、培養した赤痢菌への尋常でないこだわりを彼女に教える必要はないと思った。彼女は安堵のあまり体の力が抜けてしまって、お酒を飲むと言い出しました。僕は、それは危険だ、ジェロームがきょうのうちに妻が帰ると思って、車の音に耳をすませているかもしれない、と言いました。でも彼女はどうしても飲むと言い張りました。僕の分も酒を持ってきて、二人で飲んでいたところへ、ジェロームがどなり込んできたのです。

僕の第一印象――ジャクリーヌもたぶんそうでしょうが――は、ジェロームは妻の裏切りを知ると同時に、アンドレを毒殺したことも知ったのだと思いました。あの晩の一連の騒動のあいだじゅう、その印象は消えませんでした。理屈に合わない話ですが、この現場を見つかりパニックに陥った結果、僕はその後自分に課した作業をやりおおせることができたのです。アンドレには、特殊な経路で赤痢にかかったと考える理由などないし、僕たちが毒を盛ったとジェロームに告発する訳がないと気づいたのは、あとになってからでした。

ジェロームはショックと屈辱のあまり、真っ青になって震えていました。アンドレほど性根の腐った人間なら、この世の最後の楽しみとして、死の床で兄に向かって兄嫁の不貞を暴露するくらいのことは、予想しておくべきでした。ジェロームは最初そんな話は信じませんでしたし、アンドレの言葉はうわごとのようなものだと考えようとしました。ジャクリーヌにはいつも通り接するようにつとめ、ホストである彼にどんな態度を取るか観察するために、僕を夕飯に招待しました。ジェロームは何日ものあいだ、妻の浮気などなかったのだと考えようとしながらも、あやしい状況が山のようにありました。アンドレは死にぎわに意識がはっきりした状態で真実を告げていたのだ、という確信は強まるばかりでした。そして今、ジェロームはみずから目撃してしまったのです。

ジャクリーヌは完全に動転してしまい、自宅に帰る前にジェロームが無事かどうかたしかめるために僕の家にきたのだなどと言い出しました。二年間ものあいだ、僕とは口もききたくないというふりを続けたあとで、これほどばかげた話はありません。ジェロームは大声であざけり笑いましたよ。自分の手と裸でベッドに寝そべる愛人の手にウィスキーの入ったグラスがあるのがわからないのか、と訊きました。

ジェロームは体の震えが止まり、怒りがこみ上げてきて、ジャクリーヌの手首をつかむと部屋から引きずり出しました。僕が起き上がってズボンを履いたころには、二人はベランダの階段すれすれのところにきていました。ジェロームはジャクリーヌの肩をはげしくゆさぶり、彼女は風にあおられたぼろきれのように体がくねくねしていました。あのままでは彼女が殺されてしまうと思い、僕がジェロームを殴りつけると、彼は妻を放して僕のほうを見ました。ジャクリーヌは床にばたんと倒れ、ジェロームがこちらにつかみかかってくると、僕はありったけの力をこめて彼を殴りました。ジェロームは後ろ向きに階段を転がり落ち、全身ねじれたかっこうで、首をめりこませて草の上にうつぶせに倒れました。

ジャクリーヌは泣きじゃくっていましたが、僕はジェロームに駆け寄りました。彼の体を表に返し、脈と鼓動を調べました。ジャクリーヌはあえいでむせながら足を引きずって階段を降り、ジェロームの胸をこぶしで叩き始めました。僕はやめろと言いました。彼は死んでいるのだから、と。

これが事件のあらましです。僕たちは自制心を働かせ、ショックと恐怖がもたらした力によって、あの晩じゅうになんとかやりとげたのです。どれだけごまかせるか、僕にはわからなかったけれど、原住民以外には罪をなすりつけられる対象はなかったし、考えている時間はほとんどありませんでした。ジャクリーヌは、自分で話をでっちあげるし、ジェロームが原住民に襲われた証拠も作ると言いました。僕はそれについて知らないほうが、うっかり本当のことを洩らす心配がないだろう、というのが彼女の意見でした。僕の受け持つ話はといえば、その晩はずっと眠っていたという単純なものです。今でも、夫婦がどんなふうに襲われたとジャクリーヌが話したのか、僕はよく知りません。

僕は死体を崖っぷちに運んでいって、ガブリエルが見た通りのことをしました。割礼用のナイフは切れ味が悪いので使いませんでした。使ったのは僕のポケットナイフで、持って帰ってからドードーにも使いました。そのあとは、藪の中に放りました。割礼用ナイフを残すのはジャクリーヌの考えで、あなたがおっしゃる通り、あれはやりすぎでした。頭がまともに働いていたら、原住民の仕業と思わせるのに割礼用ナイフを残すなんて、つじつまが合わないことぐらいわかったはずです。

あとのことは、おおむねご存知の通りです。僕は家に帰ってから、恐怖と疲労で気分が悪くなり、階段に座り込んですべて終わった安堵感から泣くことしかできませんでした。ドードーが小屋から出てきて、僕を見つめて柵のところに立っていました。小道の端にあなたのトラックのライトが見えたので、自分の手と服についた血を説明する必要が出てきたことがわかりました。取るべき道はただ一つでした。ドードーを殺すのは、あの晩何より辛いことでした。あなたは道の端に何分か留まっていました。そのあいだに、ライフルを取ってきて空中に二度撃つことができました。鷲に関するあなたの推察は正しいです。鷲の声で目が覚めるはずはありません。あなたが銃声を聞くまで、鷲も鳴き声を立てなかったのですから。

あなたとトリヴァーが出発するまでは、僕は持ちこたえられるだろうと思っていました。でも、レイヨウの血よりひどいものが手についたかもしれないとあなたに言われて、僕はほとほといやになりました。その通りだったのですから。だから、これからしなければならないことを、僕は残念だと思いません。

アンリ・ドビュック

私はやっと口がきけるようになると、ミス・フィニーに言った。「この手紙以上のことを知っているのですか?」

ミス・フィニーは私のほうを見ずに答えた。「いいえ、何も知らない」苦しげな声だった。しばらく経ってから、彼女はこれだけ言うことができた。「実験所にはモルヒネが大量にあるの。それを使うことを思いついてくれればいいんだけど」

＊＊＊

私はアンリの家にあったものを何点か持っている。アンリ手ずからもらった魔よけのほかに、カヌーのパドル、陶器類などだ。魔よけ以外は大学の博物館に貸し出してある。白人の博物館に展示されると、原住民の作品は生気を取り戻すように思われる。いつの日かシングルルーム以上の住まいを持てるようになったら、手元に置きたい。割礼用ナイフは、証拠品としての用がすんでからはレオポルドヴィルの博物館行きとなった。

私が訪問した当時瀕死の状態だったコンゴ - ルジは、もはや存在していない。ジェロームからジャクリーヌに渡った多量の株については、法的に問題があった。ジャクリーヌには相続人がいなかった。管財人が指名されたのではないかと思うが、コンゴ - ルジがらみで残ったものといえば書類だけで、おおぜいの弁護士の手を経るにつれ、手数料ばかりかさんでいき、やがてわずかばかりのたくわえも底をついてしまった。農場の敷地については、政府のものになるのではないかと思われたが、誰も名乗りを上げず、二、三年もすれば藪におおわれてしまいそうだった。アンリの家だったところには、今ごろむき出しの鉄パイプが数本残っているだけだろう。

ブートグルド家からは二通の手紙をもらった。一通目はレオポルドヴィルの植民地農業管理局の用箋にパパが書いたものだ。戦時緊急農業プログラムの総監督の地位につく後押しをしたというので、私に礼を述べていた。コンゴ‐ルジでの調査を終えてから、私はその職をもうける必要があるとトミー・スラタリーに報告し、スラタリーが上層部にそれを進言し、パパ・ブートグルドが適任だという私の意見も通してくれたのだ。プログラムは成功したし、平和時にもうまく機能することだろう。手紙の中でパパ・ブートグルドは、マダムとガブリエルがレオポルドヴィルで忙しく元気にしていると喜んでいた。

女性二人についての話は本当だったにちがいない。もう一通は正確には手紙ではなく、ガブリエルの結婚通知だったのだ。彼女の夫のベルギー風の苗字には聞き覚えがなかったし、彼については何も知らない。だがレオポルドヴィルの住所のほかにブリュッセルの住所が書いてあったので、彼はまずはいい結婚相手なのだろう。

ミス・フィニーはまめに返事を寄こさないにしても、ずっと私の文通相手である。三カ月ごとに彼女から手紙をもらう。いつでも短い手紙で、内容も変わりばえしない。それでも、一番最近のものは少しは味わいのある手紙だった。コスターマンズヴィルのホテルから出されていた。

フーピーへ

私たちはまた巡回を終えて、〈ブリュッセル〉で二週間ほど休息を取っています。変わったことはありません。エミリーはこれからもあいかわらずでしょうし、残念ながら私もそうなんでしょう。私は原住民に薬を詰め込み、エミリーはなんとか賛美歌を歌わせています。肉体と精神の関係についてエミリーと議論するのはやめました。自分の肉体にはうんざりだし、精神については、ほっといてほしいからです。

二人の愛をこめて
M・F

訳者あとがき

一九世紀、スコットランド生まれの宣教師にして探検家のデヴィッド・リヴィングストンは、ヨーロッパ人として初めてアフリカ大陸横断をこころみ、アンゴラからモザンビーク沿岸まで伝道の旅をした。だがニアサ湖発見後タンガニーカ湖へ向かってから、行方不明になってしまう。イギリス生まれの冒険家ヘンリー・モートン・スタンレーは、『ニューヨーク・ヘラルド』紙の資金提供によりリヴィングストンの行方調査に出かけ、無事彼を発見、その後アフリカ大陸東西横断に成功した。七四年には複数の新聞社から資金を得てロンドンを出発し、ザンジバル島経由で西に進み、コンゴの大西洋沿岸まで、二度目のアフリカ大陸横断に成功した。ときのベルギー王レオポルド二世は、『デイリー・テレグラフ』紙に掲載されたスタンレーのルポルタージュから、コンゴに野生のゴム、鋼などの資源があることを知り、スタンレーにコンゴ支配のための工作を依頼した。スタンレーは一八七九年から一八八四年にかけて探検隊を組織し、ときには銃の力も借りて、コンゴ川の左岸地方の王、族長たちに保護下に入ることを強要した。一八八五年以降、一九六〇年にコンゴ民主共和国として独立を果たすまで、コンゴはベルギーの支配下に置かれることとなる。

本書の舞台は、第二次大戦下のベルギー領コンゴ。アメリカから農園視察のために派遣された植物学者トリヴァーが、最後の視察地として内陸のコンゴ - ルジにたどりついてみると、会う予定だった人物の葬式に出る破目になる。夕食会の席上、反乱を起こした部族を農園経営者ジェロームが処刑した、と聞かされる。数日のうちに、そのジェロームがナイフでむごい殺され方をする。これは現地人の復讐だろうか？　肝の据わった女ホームズ、ミス・フィニーの助手ワトソンとして、トリヴァーは事件の結末を見届けることになる。

風景、美術、動物、現地人の描写が、エキゾチックな雰囲気を醸し出す。トリヴァーが出会うベルギー人たちは、コンゴにしっかり根を下ろして暮らしているわけではなく、なんとか今の状況から抜け出したいと願いながら、それが容易にかなわない。「ここでは何も起こらないのよ」というガブリエルの叫びは悲痛である。

作者マシュー・ヘッドはアメリカ人で、本名ジョン・キャナデイ。大学で美術史を教えるのが本業で、美術評論などを雑誌に発表していた。作家としては、トリヴァーを語り手に、医療宣教師ミス・フィニーが探偵役として活躍する、ベルギー領コンゴを舞台にしたミステリ・シリーズを発表した。本書はその第一作目である。アフリカの雄大な自然を背景に、閉塞感ただよう白人社会で繰り広げられるミステリ・ワールドを体感していただければさいわいである。

The Devil in the Bush
(1945)
by Matthew Head

〔訳者〕
中島なすか（なかじま・なすか）
津田塾大学国際関係学科卒業。インターカレッジ札幌在籍中。
熊本市在住。

藪《やぶ》に棲《す》む悪魔《あくま》
——論創海外ミステリ　26

2005年9月10日　初版第1刷印刷
2005年9月20日　初版第1刷発行

著　者　マシュー・ヘッド
訳　者　中島なすか
装　幀　栗原裕孝
編　人　蜂谷伸一郎　今井佑
発行人　森下紀夫
発行所　論　創　社
〒101-0051 東京都千代田区神田神保町2-23 北井ビル
電話 03-3264-5254　振替口座 00160-1-155266

印刷・製本　中央精版印刷

ISBN4-8460-0641-7
落丁・乱丁本はお取り替えいたします

16　ジェニー・ブライス事件

M・R・ラインハート／鬼頭玲子 訳

ピッツバーグのアレゲーニー川下流に住むミセス・ピットマン。毎年起こる洪水に悩まされながら、夫に先立たれた孤独な下宿の女主人としてささやかな生活を送っていた。だが、間借りをしていたジェニー・ブライスの失踪事件を端緒に、彼女の人生は大きな転機を遂げることになる。初老の女性主人公が、若い姪を助けながら犯人探しに挑む、ストーリーテラー・ラインハートの傑作サスペンス。

本体 1600 円

17　謀殺の火

S・H・コーティア／伊藤星江 訳

渓谷で山火事が起こり、八人の犠牲者が出た。六年の歳月を経て、その原因を究明しようと男が一人、朽ち果てた村を訪れる——火事で死んだ親友の手紙を手がかりにして。オーストラリアの大自然を背景に、緻密な推理が展開される本格ミステリ。

本体 1800 円

18　アレン警部登場

ナイオ・マーシュ／岩佐薫子 訳

パーティーの余興だったはずの「殺人ゲーム」。死体役の男は、本当の死体となって一同の前に姿を現わす！　謎を解くのは、一見警察官らしからぬアレン主任警部。犯人は誰だ！？　黄金時代の四大女性作家のひとり、ナイオ・マーシュのデビュー作、遂に邦訳登場。

本体 1800 円

13　裁かれる花園

ジョセフィン・テイ／中島なすか 訳

孤独なベストセラー作家のミス・ピムは、女子体育大学で講演をおこなうことになった。純真無垢な学生たちに囲まれて、うららかな日々を過ごすピムは、ある学生を襲った事件を契機に、花園に響く奇妙な不協和音に気づいたのだった……。日常に潜む狂気を丹念に抉るテイの技量が発揮されたミステリ、五十余年の時を経て登場。

本体 2000 円

14　断崖は見ていた

ジョセフィン・ベル／上杉真理 訳

断崖から男が転落した。事故死と判断した地元の警察の見解に疑問を抱いた医師ウィントリンガムは、男の一族がここ数年謎の事故死を遂げていることを知る。ラストに待ち受ける驚くべき真相にむけ、富豪一族を襲った悲劇の幕がいま開かれる。実際に医学学位を取得していることから、豊富な医療知識で読者を唸らせたベルによる「ウィントリンガム」シリーズの一作。

本体 1800 円

15　贖罪の終止符

サイモン・トロイ／水野恵 訳

村の名士ビューレイが睡眠薬を飲み過ぎ、死を遂げた。検死審問では事故死と判断されるが、周りには常日頃から金の無心をしていた俳優の弟、年の離れた若き婚約者など怪しい人物ばかり。誰一人信用が置ける者がいない中、舞台はガーンジー島にある私塾学校に移り、新たな事件が展開する！　人間の哀しき性《さが》が描かれた心理サスペンス。

本体 1800 円